她和她们

杨俊文 著

北方联合出版传媒(集团)股份有限公司
春风文艺出版社
·沈阳·

图书在版编目（CIP）数据

她和她们 / 杨俊文著 . — 沈阳 : 春风文艺出版社，2021.4（2023.8 重印）

ISBN 978-7-5313-5960-9

Ⅰ . ①她… Ⅱ . ①杨… Ⅲ . ①散文集—中国—当代 Ⅳ . ① I267

中国版本图书馆 CIP 数据核字（2021）第 047581 号

北方联合出版传媒（集团）股份有限公司
春风文艺出版社出版发行
http://www.chunfengwenyi.com
沈阳市和平区十一纬路 25 号　邮编：110003
永清县晔盛亚胶印有限公司印刷

责任编辑：张玉虹		责任校对：曾　璐	
装帧设计：杨光玉		幅面尺寸：128mm×203mm	
字　　数：150 千字		印　　张：9	
版　　次：2021 年 4 月第 1 版		印　　次：2023 年 8 月第 2 次	
书　　号：ISBN 978-7-5313-5960-9			
定　　价：68.00 元			

版权专有　侵权必究　举报电话：024-23284391
如有质量问题，请拨打电话：024-23284384

作者简介

杨俊文,满族,辽宁北镇人。中国作家协会会员,中国散文学会理事。著有诗集、散文集多部,曾获全国和省级多种文学奖项。

写在前面的话（序）

第一次看到广场上金黄的落叶，随她们舞蹈带起的轻风蹁跹起来，我就知道她们的命数进入了变迁的时序。其实，在我意识到的好多年前，她们和所有人都已经时来运转，只是我不能预料，她们会以哪种方式，作为自己的生活形态。

很抱歉，当她们闯进我的生活，我在暗地里和好多人一样，称她或她们为"大妈"。起初，我并不以为这样的称呼不妥在哪里。后来，有人把某种有失风雅的现象特指她们所为，我知道这个称呼带有专属的贬义。当我走进她们的生活，我再不这样称呼，因为这有失我对她们人格的尊重。所以，我在这本书中，把那两个字说成"她"或"她们"，尽管第三人称没有尊称的钦敬。

没有权威界定"她们"的身份。年龄在五十五至七十岁之间,是我对"她们"的主观臆断。事实上,"她们"也不是唯一年龄的概念,因为志趣形成的群体性意识和行为,其中对逝去的青春的追怀和对自我的寻找,以及对孤独的逃避,应该是她们独特的基本表征。这样说如果还不够确切,只好请社会学家匡正了。

我像个诡秘分子,在她们当中时隐时现,并总是习惯使用目光而面无表情,甚至一言不发。在我确定观察她们的时候,我没有多高的热情,因为我停滞于表象,以为这个表象也许是最终的真实——一个广场上的面貌而已——太阳帽、墨镜、浓妆、丝巾、艳服、自拍杆……辨识度极高的面貌。我曾被她们的疯狂似的表现驱逐很远,以致我再不想回头,对她们做继续的观察。但是,我舍不掉那些浸透色彩的声音和形态,最终不得不与她们亲近。

我为自己对她们初始的认知感到羞愧。在我记录的文字里,会看到我的高慢,以及对她们避之唯恐不及的心理。对于这些会惹人恼怒的印象,老于世故的人会避而不谈，或者委婉地轻描淡写。但我不谙此道，并以为这样会于心难安，且有悖于作家的良知。所以，我把我的所见所感暴露无遗，随之反倒觉得，我的做法至少说明我是个坦率的人。她们也因此而原谅我，进而认为我是可以成为朋友的人。后来，我的确成了她们的朋友。因为我通过观察，发现了她们内心隐秘的美好，使她们本以为寻常的事变得似乎不同寻常，让她们在生活中看到了生活之上的自己。这是我送给她们手上的另一面镜子。我不是自命清高，但我自信我的观察具有客观性。

我从记录她们开始，不盲目为她们喝彩，也不无理地横加指责，这是我的原则和对自己的约束。我让笔下的文字在中庸的轨迹上延展，时刻提防来自心里的偏斜。我知道，如果意识中有偏斜存在，就会打乱我书写的脚步。虽然写作就是情感表达，但我写她们时的情感，完全是在理性状态，并在理性的支配之下，对涌入脑海的文字谨慎地进行拣选。所以，我估计任何人阅读我的书，应该看出她们不是被文学的狂热塑造的群体或个体，而是真实的人性的立体的存在。正如我在文中所说的那样——"我之所以不能给读者误导，是我对她们最后残留的偏见，已经化作一缕轻烟，只有客观的火焰在透明地燃烧。"尽管我主观的用语不能证明描述的客观，我却为客观付出了努力。

说得更直接一些，我的明显用意不在客观本身，而在于对其他人主观意识的导引。不同人群对她们的认知，如果受到我的导引，达到接近真实的她们，对我来说是件有意义的事情。事实上，也许没有谁因为我的认知而改变自己的认知，抑或早有类似于我的思考，这都不能说明我的写作没有意义。我一直在想作家书写的目的。当然，我不反对自娱的消遣，这没什么不好，起码对自己有话可说。但我更觉得，文字的力量不是为了作者自身的快乐，而在于提振读者的精神，否则，文学就是个玩物！

我说她们是时代的投影，绝不是有意逢迎。对于我来说，她们从来就不会逢迎，她们无法比拟的满足感和幸福感，纯属内心的流露，如雨后彩虹的出现一样自然。所以没有必要以文字的牵强附会，把她们固定在虚拟的舞台上。到现在为止，我也没给出关于她们的理性的定义，这也许是我的书写的无能，也许她们根本就不属于被定义的人群。我不知道这是写作的缺憾,还是文学的必须,但我已经恍惚看出,她们的一切与时代自然构成的关系,已经证明她们是什么或属于什么。

目　录

1　　意　象

2　　疑　问

4　　停滞于肤浅

7　　角色没有改变

9　　心境与环境

13　　较量法则

14　　五点半与六点的区别

17　　逃　离

19　　D形的广场

22　　冲动的观察

25　　以雁阵的方式

27　　炫彩覆没灰暗

29　俘房的掌声

32　换　位

35　看不到哲学意义

38　两个女人

41　男人的苦楚

43　生动的就是文学

46　偶　遇

48　裁剪师与设计师

50　迟来的舞者

52　雪　中

54　边境冲突

57　发现自己

60　知性女人

63　古老与现代

67　慷慨有些突然

69　笨拙是一种本真

72　极简访谈

73　缤纷的形态

76　一张照片

78　决定走近

81	首先是社会学
83	警惕的"红袖标"
85	我要成为舞者
88	并非娱乐而已
91	第一次采访
94	想　象
97	只是区别
100	吊　唁
103	尬　舞
106	当灵魂丢下身体
108	保健误区
111	没有半句谎言
113	怀念有时莫名其妙
115	假设其实不是假设
117	阅读一封来信
119	隔壁的琴声
123	野蛮生长的芦苇
126	她们的攻略
128	蹦野迪的模仿
129	一个早晨三个故事

131 广场如果没有灯光

133 记忆在记忆中复活

135 清　晨

138 古董的意味

140 不予理睬

144 受过洗礼的状态

147 兴趣的灾难

149 互为反衬

151 危险的 pose

154 苏　醒

157 欢乐没有身份

160 戛纳的咖啡

162 指挥却不能歌唱

166 快乐的无奈与悲催

169 我对我不可思议

171 视力矫正

172 吝啬的行囊

176 归还与藏匿

177 关于一个词语

181 微笑着争吵

182	装束解析
186	裂　变
188	同一性
189	审美的执迷
193	如果纯朴被欺骗
196	两个细节
198	书写的价值
200	信女的经声
203	形体之外
206	春天不是一个季节
212	对　照
216	她们的反面
218	人性的交响
219	把喘息变为笑声
221	一个人物
224	不可定义
226	没有创作的故意
229	几个秋天后的秋天
231	魔幻与现实
232	我和她们去旅行

235　快乐没有答案

237　救　赎

239　打扮与伪装

241　梦中所得

246　隐　忧

249　谢绝之后

251　她们不是风景

254　在文学与她们的吊桥上行走

259　票　友

262　自由的话题

265　客观的火焰

267　祈　祷

意 象

我无法描写她们,犹如我穿越森林,无法详尽记述哪一株树与我相视而过,森林却在心头掀起涛声。

疑　问

记不清是在哪一年，我从路灯映照的围观的人群里走出来时，还是觉得不可思议。我记住了她们毫无羞怯的表情和怪艳的服饰，以及手上摇动的扇子。后来我发现，她们对那处彩砖铺就的广场，一如蜜蜂对花丛的亲近。

白天，广场上时常有八九个老人蜷缩在轮椅里，面朝太阳，眼睛似闭似睁，彼此不说话，远看他们像一个个陈腐的木桩。说话的是推轮椅来的人，偶尔相互说几句，不知交流些什么。离太阳落下去还很早，一个个木桩便不见了。

我的母亲却不易到这里来，即使来了也是观众的角色，因为她手持的是一支雕有龙头的深褐色的拐杖。母亲笑着看她们跳完最后一支舞。在我搀扶她回来的路上,她始终不说话,只有几声悲凉的叹息。

我对她们对于舞蹈的狂喜没有思考,其实也不值得我思考什么。我只是生出一点小小的疑问:她们看似平庸无奇的动作,怎么会使她们欣喜若狂?当然,她们也不会知道,自己的形态会使无法狂喜的人丧失自尊。因此,我不喜欢她们,以为她们是突如其来的另类。

停滞于肤浅

清晨一天比一天糟糕起来。

昨晚的写作一直延续到深夜两点，那是因为一篇散文的逻辑出了问题，以至于推倒重来。由于几个夜晚的睡眠时断时续，今天夜里（记不清是昨夜还是今天凌晨）不得不服下一片安眠药。

音乐声在耳边响起来，大概是这种药作用最佳的时候。其实，那声音并不很大，毕竟我家与广场之间有七八十米的距离，但我能听到传来的声音，恍惚听出那是一首歌——《好日子》。我抬手看了看手表（我睡觉时从不将手表摘下），时间是五时三十分。这一定是每天广场响起音乐声的时间。听着听着，安眠药的力量最终将音乐声压倒。

我又在梦里轻读昨夜那篇散文结尾的文字——"日子最好是一潭平静的湖水,只有涟漪而没有骇浪,悠悠地浸在阳光与和风里……"读着读着,我隐约意识到,这样的想象不免幼稚,甚至有些荒谬。生活不易,人生没有事事的顺遂,坎坷是生活里的固有。一个人的生活原本是与生命走在一起,一个终止,另一个便也终止。然而,但凡活得好的,生命也有了精彩。可见,生命中的活法儿才是要旨。那么,音乐声和她们的舞蹈又是什么?难道是为了生命的艺术的生活?显然,这是我在恍惚中的疑问。

扩音器里突然响起刺耳的声音,虽然马上就停止了,但我还是被它吵醒。此时,安眠药似乎只剩下微弱的余力。让我感到奇怪的是,这声音与那彩砖广场的方向完全相反。我想起小区墙外北侧一个够不上广场的地方。那个地方仅有二百多平方米的面积,原本是一家超市仓库的位置,昨天仓库被拆除后,在拐弯处竖起一个"停车场"的指示牌。看来,一定是有人占用了这一小块宝地,要上演与彩砖广场上同样的舞蹈。因为这个地方接近我居住的楼房,又处在东西两栋楼的中间,所以那声音里带着强大的回响,且有喷涌和呼啸的气势，远比来自南面的声音猛烈得多。

我觉得这声音的背后似乎隐藏着什么，里面至少有一种挑衅，是早起的人对熟睡的人的挑衅，或者是肆无忌惮的人对宁静的肆意撕扯。

我当然想睡觉，等待白天里再探个究竟。但那声音，确切地说是同时来自南北的声音，使我的睡眠彻底停滞于肤浅。

角色没有改变

几乎每一个清晨,我都会被一阵锣鼓声把本来毫无情节的梦击得粉碎。我知道声音来自那个铺着彩砖的广场。

我开始怀念过去的清晨,怀念清晨胜过黑夜的安谧。偶尔有几声麻雀的鸣叫,飞进那时的晨梦里,触碰我在梦中翻动一下身体。让我醒来的,只是一道刺透窗纱的金黄色的光线。即使不是休息日,城里人也不习惯早起,所以连院子里的脚步声也很少听到。现在,像是有一道指令,一个统一时间的调集,使她们起床的时间突然提前。她们陆续走出家门,直奔广场。我想,要不是她们昨晚早睡,就是节省了自己的睡眠,否则不会在曙光初露时就起身出去。她们如果在出门时相遇，会有打招呼的习惯。打招呼的声音很高，像是相距很远才使用的嗓音。冬天，天还没完全放亮，广场上便有人影攒动。无论在哪个季节，大约在她们出去一个到一个半小时之后，她们的每一双脚会在同一时刻，把最后一个尾音长长的铿锵的乐声死死踩住，然后掏出系在腰间或藏在兜中的手帕，擦去脸上的汗珠，匆匆走进菜市场。

但在此前，似乎就在这乐曲声在早晨响起之前，每个早晨里的家庭主妇都是很像主妇的。我选取的不是男权的视角，事实上她们就是那样，把昨晚睡前想好的早餐，按照惯常的方法精心地组织。每个主妇都会按部就班，尽管和上一天的早餐有所重复，但那毕竟是经过家人同意的。现在呢，为了省时省力，手里拎着一家人吃的东西回归家中，她们的角色并未改变。

我曾担心她们因为娱乐而变得自私与懒惰。其实，这担心没有必要。

心境与环境

楼上（五楼东侧）的夫妇包括他们的孩子都很有礼貌。女主人气质优雅，是一所大学的副教授，丈夫在高中当老师。他们从不随意弄出响动惊扰我。与这样的家庭为邻，算是幸运。但他们在今天早上却开始行动，叮咚的声音响个不停。

今天是休息日，平日里他们家中也从未有过这样的声音。在八时左右，搬家公司的车停在楼前。于是，走廊里有人喊号子，明显是在搬运一件沉重的物品。我推门出去，男主人先和我打招呼："我们搬走了，湖畔家园那边很清静。""因为这吵吗？""没什么，在这住也挺好的！"女主人很会说话。我忽然感到忧虑，因为不知道将要住在我楼上的是什么人，如果是叮咚一类的分子,那会很糟糕!

都说心境胜过环境,我并不否认。我虽不是神经质的一类,但也一直对身边的环境(人和物的)十分看重。好多人也和我一样,不时地对环境产生忧虑,不仅是与谁为邻,而且是与谁共事、与谁合作、与谁结伴,以及身处何地等,无不在忧虑之中。事与愿违如果也算作人之不幸,那这不幸也许会充满人生!

我一时无语。不过十几天,我看到了具体的人物,看到了逃离与走近形成的对比。

一位围着黄色纱巾、戴着粉色无遮帽和金色边框墨镜的女人走到楼门口停下了。她急忙摘下眼镜,用手把着一扇门,让我先进入。我以"谢谢"并附带微笑回敬她。我第一次在我家的单元见到这个女人。她的脸上爬满沟壑,嘴唇鲜红,眉毛弯得有点僵硬,显然是文过的。"我们搬到这儿了,五楼东。"她说,"这儿离跳舞的地方近,以后再不走远路了。"

离开的副教授留着短发,衣着是有些灰暗的职业装,对于其他我没有明显的记忆。而新主人的形象在我的脑海里很快固定下来,除了纱巾、墨镜和帽子之外,还有一副能发出高音的嗓子。她的丈夫很沉默,见到我点点头但不说话。她像是很少独自行走,身边总有几个和她衣着相仿甚至相同的妇女,有时在院子里大声交谈,有时也边笑边嚷嚷着聚到她家里。对于我来说,这倒没什么,她们的说笑在白天,对我的睡眠没有影响,只是每天早晨,她走出家关门时传来一声闷雷,我在睡梦中也能听到。她几次给我送过邮件,都是我不在家时代我签收的。我回家后第一时间能听到她的敲门声,用力也很重,同时喊着:"邮件!邮件!"我说谢谢她,她回我憨憨一笑上楼去了。

　　不久,彩砖广场八十多名妇女跳舞由她担任领舞。她有了这个职务之后,便几次在院子里拦住我,让我和她一起学广场舞,并说有十多位男士已经加入其中。用自己的爱好去改变他人,当然需要勇气,因为要使他人顺从己愿,并非三言两语的规劝所能奏效,很可能会遭遇他人的白眼。她不厌其烦,尽管知道我对广场舞没有兴趣。但不知小区里有多少人,轻而易举地被她收编了。后来,她不理我,邮件却代我照收不误。我对她的反感在于她把喧闹引到楼上。几乎每天都有人在不固定的时间里前来找她。她打开录放机,伴着歌曲教来者跳舞,那声音就像在我的房间里鼓荡。看在她代我签收邮件的分上,我不能出面阻拦,只能在心里怀有对她的不满。

较量法则

外面的世界周而复始,一切风霜雨雪都在四季里。她们在四季里舞蹈和歌唱。人的生与死暗合了自然法则,内心却无时无刻不在同法则较量。

五点半与六点的区别

当然不是我,是谁我不知晓,把她们告到了社区,原因是她们影响了小区居民的休息。起初我曾萌生过这个想法,想到社区反映她们早晨活动的时间过早,而晚上结束的时间又太晚的问题,但看她们快乐无比的样子,我实在不忍惹她们不快或记恨,尽管检举后她们也不一定知道检举人是我。

除冬天以外,早晨五点半在D形的地方(不仅是这里,还有O形和T形的地方)响起的音乐声,虽然在门窗紧闭后够不上刺耳,但在靠近我家的一侧,也就是住在最前排楼里的人是能够听清楚的。那些喜欢熬夜的人,在音乐响起的时间往往正在梦里,被音乐吵醒是很容易的事。后来我找到了一种消解的办法,就是把电视机打开,让电视的声音把外面传来的声音淹没。这个办法对我很有效。因为我经常看着电视入睡,只要看上一会儿,困意就会袭来。在进入半睡半醒状态之后,我会熟练地按一下遥控器上的关机键。当然,如果写作中遇到伤脑筋的问题,这个办法不灵验,但这种情况并不多见。所以,听到外面的音乐响起,我按下开机键就好了。那些人并不和我一样,如果睡眠很晚又很轻,一定忍受不了这种声音,所以告她们扰民也属正当。

据说,社区早就和她们谈过,也许找过住在我楼上的领队。尽管如此,早五点半的声音还是照常响起。现在冬天已经过去,要解决的是以后早晨跳舞的时间问题。是五点半还是六点,在这两个时间上,她们和社区之间产生了分歧。她们咬住五点半不放,说从这个时间开始,六点半结束,然后去早市买菜,这样才能保证家人上班或上学的时间。如果六点开始,结束后去早市买菜,回家做饭的时间就会非常紧张。最后的结果,还是社区做了妥协,时间五点半不变,但要满足一个条件,放音乐的声音必须比以往小,否则出动保安强行禁止。

她们还是听话,音乐声果然小了,在每天那个时间里我没有打开电视。

逃 离

将晨光占尽的生命也许保鲜,但那令人意乱的喧嚣只是保鲜者的乐章。

我觉得无法忍受,便在这年春天,搬到紧邻城中河的一座 H 小区。我不是现在想离开,从她住到我的楼上开始,我就想离开那个地方。不论是什么原因,离开旧地都不会心境如水。即使逃离苦难和灾难,那些值得记忆和不值得记忆的东西,都是患于内心的不治之症。我为一种声音离开,除了声音都是不能忘却的。

新居房前的感觉很好,流水明亮,岸边树木稀疏茂密不均,一片原始的形态。我终于找到了可以安居的住处,早晚再也没了噪声,再也不必担心有人又来劝我加入广场上的队伍。所有的一切，包括我的灵魂，都将会被这里的静谧淘洗得清清爽爽。但在我的眼前，总禁不住出现告别她时的情形，好久挥之不去。

她表情吃惊，接着叹息，然后连连问我为什么要搬走。我当然不能按内心所想做出回答，只好选择不伤害她的语言："以后我们还会见面的！"她似乎有些沮丧，这我能看得出来，否则不会一个劲儿地摇头。但我暗喜：马上就离开了，离开你！离开每天对我构成夹击的喧嚣！即使没有人代我签收邮件也不要紧。

除了夜里写作有时会劳神伤脑，睡到自然醒不是问题。

哈！谢天谢地！

D形的广场

似乎好多年了,海滨城市在海边修建公路,临江的城市少不了江畔公园,若有河从城里或城边流过,河畔当然要按公园的面貌去打造。效仿渐渐成为城市建设的通病,其结果令人感到有些乏味。但对城里的多数人来说,他们盼望这样的仿效出现在自己的城市,如果出现在自家的楼前或是距离小区很近的地方,那当然求之不得。

H小区的居民终于高兴了,她们高兴得手舞足蹈。我感到高兴的理由和她们并不一致。沿河建起公园,灯亮起来,夜里望去再没了阴森的感觉,这当然不错。但我突然有些恐惧,害怕前方没有树木和花草覆盖的宽阔地带,有一天会有歌舞上演。事实果真如此。今年刚进入初夏，就应验了我对自己没有说出的谶语。其实，无论想与未想，说与未说，沿河的公园迟早是要有的，而有公园的地方或大或小的广场必不可少。清晨和傍晚，她们匆匆跨过小区的南门，沿草坪向西，绕过一个圆形的花坛，就在河边花岗岩铺成的D形的地方，在音乐声中起舞了。

D形广场就是我说的没有树木和花草的地方，不偏不倚正对我家的南窗。虽然间隔一排树木和一道不高不矮的围墙，却对音乐声没有任何阻挡作用。起初，我看她们的人数并不多，有二十多人，没过几天，便有五六十人之多。我的天！她们好像一群从远方飞来的候鸟，为了找到一块气候温润、水草丰美的地方，分明已在空中盘旋了好久。她们落脚的速度远远超乎我的想象，像是早就隐蔽在不远的暗处，待到一切都已经达到她们的预想，便会急速起身而来。这不能说是抢占的行为，因为没有另一群人出现在与她们相同的时间里。

有时我们总想为生活寻找出口，寻找比现实更理想的可能，但生活是一个怪圈，寻找也意味着迷失。

我想起最初遇见的彩砖广场以及广场上舞蹈的人群。我认为自己逃离了原地，却继续浸泡在原地的声响里。

冲动的观察

就在这个周末,小区物业门前出现一个合唱团,我的大脑才开始变得冷静。过去,我的目光除了第一次对彩砖广场上的人露出新奇外,再也没有关注过她们的表演,如果说关注的话,就是对伴舞的乐声感到烦乱。

这次我像是有些冲动,以至于不能自已,非要看看她们每个人的脸上到底写着什么,如此扎堆娱乐究竟有何因缘。我知道这探究没有任何意义,没有人会把喧闹的现象作为一个课题去绞尽脑汁,只是我对她们的声响给我的写作造成的干扰,早就耿耿于怀。我不止一次地追问,她们的痴迷、执拗以及群体性的狂喜,还有一刻不误的如约而至,为什么会突如其来,而又如此不顾一切?

　　我的观察还算仔细,但很快结束。这是由于我发现了她们相似的表征(在此之前我没有像今天这样细致地观察)——她们的体态大都显得有些臃肿,当然说是臃肿倒不如说"富态"更为妥帖。臃肿比肥胖还刺耳,如果说富态,她们即使就是属于肥胖和臃肿,怕也会欣然接受,至少是无话可说。她们都化浓妆,着装色彩鲜艳。还有声音,是嗓门完全打开才有的高亢。她们不考虑会招来何种褒贬,一直丁字步站立,人人挺胸昂首。围观的当然少不了她们的家人,一支歌唱完,每个观众送给她们的掌声,也带有一点雷鸣的意味。我对她们外表的一番搜索,发现与最初在彩砖广场看到的人应该没有不同,只是那次看的是舞蹈,这次是她们的合唱演出。

　　无论是唱歌还是跳舞,都是一种自由化的体验,给人与人带来空间上的平等。她与她之间,她与我之间,资本、权力,甚至辈分都被虚无,通用于职场、官场的禁忌与律令没有了,有的只是唱与跳,时间地点可以随心所欲地安排,一切活动可以随心所欲地安排。我一直觉得歌和舞是脱离了某种戒律的行为,这对习惯于清规戒律的我,不能不说是一种无形的诱惑。

她们散场时发出的笑声和被男人搀扶的情形,让我忽然想起英国的玛丽·沃斯通克拉夫特女士。她发表的《女权辩护》里所争取的对妇女的公正待遇,与我眼前发生的一切一定毫不相干。因为那毕竟是二百多年前的事。我敢说,合唱团里和广场上的她们,对遥远的西方发生的妇女运动不会有太多的了解,当然更不会觉得那位鼻祖与她们今天的歌唱和舞蹈有何关系。

我也不会为此伤脑筋,只是觉得她们已经到了该歌该舞的时候。这结论笼统得有点自欺欺人,但我认为没有什么比这个说法更简洁利落。

以雁阵的方式

无论如何，在世俗的眼里，她们就是异样的一群，或是带着声响的群体；她们如火烈鸟的阵势，浩浩荡荡，耀人眼目，往往被世俗视为炫耀而遭妄议。世俗是旧有势力的宠儿，其目光要么含有不屑，要么高傲偏执。也许比喻是作家的思维习惯，像是没有比喻就无法描述，我还是愿意把她们比作雁阵，尽管这样的比喻似乎牵强于诗意，但对她们来说，只有这个比喻才显得贴切一些。

群雁排空叫雁阵。雁阵之所以构成一种阵势，绝非随意而来的本相，其中的领头雁，决定整个雁阵的行程和命运。而她们的群体自有领队或是被叫作团长的人，那个人在她们的眼里至高无上，主宰着团队中每个人的情绪和行为。她像太阳般照耀着仰视她的人。她的每一道口令，或是每一个动作，足以让本来阒静之处掀起巨浪狂涛，让虚无的时空幻化出有形的实相。我说"以后我们会见面的"但至今也没见上一面的她，就是这样的人物。我应该对她怀有敬意才是。

人作为独立的人，是一个人的思维与另一个人思维的差异，差异的部分归属各个人，因之便出现了不同性格和志趣的人。我敢肯定，她们的组合，是从不同人中聚集到一起的同类，所以她们要在同类中选择"出其类拔其萃"的引领者。看来，任何人从来都是依赖群体而表现本我意识，同时又希望在社交中得到尊重。马斯洛说的道理千真万确。

更多时候，我把雁阵看作一本书，它们舞动的翅膀是书页翻动的姿态。一往无前，掉队者寥寥。仰望，读懂书上的文字很难。

你无法接近雁阵，但谁又对它陌生呢？它们存在着，队形整齐划一，像任何天然的、高傲的生物一样，神秘、庸常、野性……其实无论是大雁还是人类，总希望远离束缚和荒芜，到一个干净的水草肥美的地方去，哪怕旅途充满危险。

就是这样，她和她们以雁阵的方式存在。

炫彩覆没灰暗

　　她们是快乐的，不论出自哪种目的，至少在手舞足蹈或引吭高歌的时刻，她们会把一切忧愁、烦恼和种种不快，全然抛到九霄云外。这一点不言而喻，尽管出乎我的想象。但我没有料到，周围的一切包括她们的举动，会成为我生活的一部分。起初，我鄙视她们的存在，后来却又因她们的存在而心烦意乱，再往后说，她们在我的生活里越来越堂而皇之。

　　仿佛一种化整为零的招数，不仅在我居住的小区，甚至在几乎所有网状和非网状的较为宽敞的公共领地，都有属于她们的若干个群体，分别在那里释放自己的情绪。

　　道理就是这样，索然无味的东西一定是生活。生活本身不会每天都遇有新奇，新奇是对乏味的生活的驱赶。但生活依然不动不摇。她们在空间与时间上确定好坐标，采用过去没有的方式驱赶现实的无聊，而且成群结队，早晚不息，使旧有的生活形态迅速躲闪，结果她们得手了。

当一种生活替换了另一种生活，她们本身也随之被新一类的她们所替换。炫彩覆没了单调和灰暗，也覆没了愁苦和寡欢。一次，听她们边唱"翻身农奴把歌唱"边舞蹈，那虔诚的面容，那尚显笨拙的舞姿，我顿觉她们既郑重又滑稽。

我望着她们，对那些陌生的面孔继续猜想。

俘虏的掌声

我成了她们的俘虏。

俘虏的角色不是与她们为伍,而是为她们站脚助威。虽然这时间很短,只有两三个傍晚,每次也不过十几分钟。在她们的舞蹈停下来时,我和好多人一样为她们鼓掌。但我还是缺少耐心,或是广场舞不能给我足够的吸引,所以在她们跳过两支舞,也就是我鼓过两次掌之后,我就想要离开了。这本来不是我心甘情愿的行为。

我的楼上住着三户人家,有两家都有跳广场舞的人。她们都不是领队,领队的人离我最近。据说当年她是一家毛纺厂的车间主任,早年下岗后在老街口开过餐馆,挣到一笔钱。她的女儿在加拿大读书,毕业后留在那里工作了。她头发乌黑（染过的乌黑），六十二岁。年龄问题不是我先提出的。她先让我猜的年龄，我说她年轻，最大也不过五十五岁，这时她才主动把自己的年龄说给我。事后，我很满意自己说的话能使她满脸堆笑。

她的外表不必描述。只是她涂抹的口红特别，是纯正的紫色，也许是哪种舞蹈的需要吧。房子已装修完一年多，因原地的姐妹们需要她做领队，她一时无法离开，所以房子空着，直到前两个月才搬来。她是在选好接班人后才过来的。也巧，她家就住在我家的对门。她每次见到我时，第一句话就是请我看她们的表演，并隔三两天送我几张照片。很快，我手里已有她送我的二十多张照片，都是她领队表演或组织排练的场面。在我的心里，她们的表演不过是最普通的文化活动而已，根本谈不上艺术，我当然不喜欢观看。对她每次发出的邀请，我总是敷衍几句了事。这天却使我无法逃脱。晚饭后，她敲门送我两支牙膏和一块香皂，说是她领队表演的荷花舞获得社区一等奖，她和队员每人都得到这样的奖品。说完她便催我下楼，去看荷花舞汇报演出。由于盛情难却，我不得不随她去了。

会演的过程热闹而简陋,看得我昏昏欲睡。当我以为她不可能注意我的时候,我已经回到家里了。我不大喜欢那种场景和氛围,觉得粗鄙和压抑,观舞的时候,我的思想开了小差,想了很多形而上的问题,比如蛮荒与文明,从某种意义上讲,蛮荒也是一种文明,或许比现代的我们更单纯更纯粹。文明的界定本没有边界,就像舞蹈的高下与优劣一样,所以,我从来不说原始部落族人跳的舞就比舞台上的演员低下,也许族人们的舞蹈才是天堂之舞、生命之舞呢!我们引以为豪的体面、精致、礼数等高大上的定义,其实未必至高无上。我为最初的不喜欢感到瞬间的脸红,但还是默默离开了。

好在她没有发现我不是一个忠实的观众,不然在第二天见面时,不会问我,最后的集体亮相荷花朝上与朝向观众两个造型如何选择。我直言对不起,说还是不太喜欢这种活动。她说没什么,只是一本正经地告诉我早晚会喜欢的,然后用力拍了一下我的肩膀。

换　位

　　我想了解她们，觉得她们的现象似乎有写作的必要。今天我有这个想法，连我自己也感到突然。但我只是有想法而已。我有意无意地看到她们的表演，从未想到要为她们写什么文章。尽管我已经大概了解了一些真实的东西，其中包括健身、快乐和荣誉感，但我清楚，这只是一点皮毛，不过是反映部分人的愿望和心思而已，更多的人——当然能知道所有人的想法更好，为什么突然间会变得无忧无虑，一群人聚在一起跳、一起唱？以前我不去想，就没有这个疑问。

　　我知道，她们生活的轨迹在岁月的那本日记里。在成年之后，甚至在未成年的时候，她们中的大多数就与艰辛为伴，快乐很少青睐她们。现在的情形完全不同以往。看她们近乎癫狂的状态，似乎整个世界要顷刻消亡而又暂时被她们紧紧揽在怀里，让人一时匪夷所思，甚至怀疑人类真的会有末日。这样说未免过分夸张，好在我还是保持清醒，知道无论是谁，如果是这样思考，纯属胡思乱想，或是神经出了毛病。即使与神经没有关系，也是不怀好意的贬损。我反对以任何厌弃的态度观察人和事物，虽然在我初次看到她们时也曾有过厌弃。

为了看清她们，我有意站在男女两个世界的分界线上，并转过头去，调换成一个与原来完全相反的角度。这时，我的目光开始顺着她们的目光，一同向对面的方向望去。对面的人群清晰，灰色、沉郁和彪悍杂糅一起。他们坐在酒店的窗前推杯换盏，喝得昏天暗地。这当然是我想象的幻象，但我可以继续依照这个幻象联想她们。对此，她们会联想到什么？想到末日？想到世界和地球？可她们的联想也许没有男人们丰富，恐怕不会涉及人类的问题。她们能联想到的，是他们为什么会嗜酒如命，酒在他们的眼里为什么胜过几倍的歌舞，他们回家后烂醉如泥的样子是否让夫人感到心痛……

看来，男权主义的目光一定偏离她们的内心，或者完全和她们的意愿相反。我知道了这一点，就等于找到了走近她们的路径。

路径是现实，是真相，而真相在某些时候更像梦想。

换位之后，也想了想自己会是什么样的人。按常理看，年龄越大越不易受外界的干扰，但事实可能恰恰相反，因为人在世上活得越久，天赋的东西流逝越多，干扰、变化、妥协和堕落，与知识、阅历、熏陶和培养一样，成了左右言行、富于惯性的力量。因此，我不能彻底逃脱随波逐流的命运。我知道，我处于不明状态。

而对于她们，我决意抛弃男权和世俗。

看不到哲学意义

　　每天听到那种声音，偶尔也夹杂着她们的歌唱，无论如何还是觉得属于俗气的一类，所以对她们没有亲近的感觉。但这场景和声音却亲近我的眼睛、耳朵。不想看、不愿意听也罢，她们和这声音已经作为一座城市的存在，并准时现于清晨和黄昏。即使天空有零星的雨滴和雪花降下来，也不会让这种存在暂时消失，如同生命里跳动的脉搏，不肯出现一次停顿。她们对一种嗜好的痴迷，或者说是一种执念，让我感到惊讶，确切地说是惊叹不已。

　　这种声音在某种程度上，成为我窥视生命中幽微部分的出发点和契机。类似的更为大量的日常生活的细节和内容，以侵略的形式进入，它们凌乱琐细，繁复纷纭,细微平淡,并不具有事件的坚硬质感,有的只是剪不断理还乱的缠绕感。激起的不过是感觉河流中的一朵朵浪花,但也足以勾起我的一种探究心理。

其实,没有必要重复"凡是合乎理性的东西都是现实的,凡是现实的东西都是合乎理性的"这个论断,毕竟那是个很古老的哲学命题。但套用黑格尔的话,至少可以看到她们背后隐藏的真实的本质,那也许是合乎人性的东西。合乎人性,那一定是合乎了理性,这样说就可以用来证明,她们的行为是理性之中的表现。虽然我不否认这是理性的存在,但我看不到她们在广场(不仅是广场,也包括没有广场的街头和室内的舞台)的现象中,究竟含有多少哲学的意义。

这根本不需要哲学的解释。她们从聚集那天起,就没有去想某种娱乐的东西会与哪个深奥的理论联系在一起,并以此作为理由来应对可能出现的反对者。她们的理由应该出自再简单不过的意图——健康与快乐。这恰恰暗合了所有人的需求,尽管这需求的实现方式不一而足,但我不能说她们的表现不合情理,或与我的行为取向完全背道而驰。

缓缓流动的是河水,恍惚中是万千闪烁的感知碎片。我知道,那是时间的幽灵落下的毛发,与哲学无关。

所以,认为她们的行为是一种干扰的结论,一定难以启齿。

两个女人

黄昏是喧嚣的时刻。饭后的人们陆续走出家门，去往他们习惯去的地方。D形广场上早就有人等候，一旦姐妹们到齐，就开始舞蹈。

她是推着轮椅来的，坐在轮椅上的是她的母亲。每天早晚，她都推着母亲去河边遛弯，又在那儿跳舞。她住在和我同一个单元的一楼，平日里常见到她们母女俩，有时在小区的健身角或是超市的门前。母亲身体瘦小，明显是肉体萎缩的样子。她说给老太太办完八十大寿，没过几天老人开始变得有些糊涂，有时不知道她是谁，甚至梦呓似的管她叫妈。她是高个子的女人，说话声音爽朗，腹部胖得还是有些隆起。物业的一位姑娘告诉我，她广场舞跳得好，一直在头排位置，教会了物业好几个人。我一直不愿意走近 D 形广场，其他的有人跳舞的地方，我也不愿靠近。一连几天感冒没有下楼，今天感觉不错，下楼后径直出南门。她照旧用轮椅推着母亲，看见我主动打招呼，说今晚她们要跳交谊舞，并说马上开始，请我一定去看看。据说这舞种属于国际大舞，跳起来很有难度。真不可想象一群中老年妇女会跳出怎样的舞步来。感谢脑子里有这个疑问，让我和她继续走在一起。她在南侧两个小花坛之间停下，母亲在轮椅上一动不动，连眼睛也不转动。我看过阿尔茨海默病的老人，目光都是这样凝滞得没有一丝的光泽。

音乐起，舞步移动。轮椅上的老人像是露出微笑，一只手突然向上抬起，随即又放下了，只是她的头时而出现晃动。谁都看得出来，她眼前的场景给她带来了什么。但这神态没有保持多久，她又恢复原来的样子。我开始暗想，她的意识并未离她而去，最后像是无意识的状态，也许是对无可奈何的解释。

事情经常会这样，明明做好了聚焦搜寻的准备，在不知不觉的疏忽间，却使你想要的东西转瞬即逝。这回我很幸运，在无意中竟然充当了观察员的角色，轻易地观察到了一个人与一群人的两个世界。她们在空间里只有一道目光的距离,却遥不可及。时间很残酷,让两个世界划分为已逝的岁月和真切的现实。我看到在时间和空间的交会点上,外表的衰竭、麻木和近于僵死与潜在的旺盛、敏感和充满的热度,是那么巧妙地形成了简单而复杂的对比,以至让我在左顾右盼中做出无限的揣度。这偶然使我从中计算出岁月奔走的速度,过去我根本没有想过。我对于她邀请我怀有一种莫名的感激。

此时,她在舞姿和乐曲声中陶醉,好像是已从慢三过渡到快三节奏。她的舞跳得真是不错,以男伴的角色带动舞伴快速旋转。我不知道她的内心,以为她只是在实现一种补偿,也许为母亲,同时也为自己。音乐停了,她来到轮椅前向母亲说了几句什么。我忽然想起,交谊舞是男女双人的舞蹈,但在眼前的几十对舞者中,我看到只有三个男人,却又辨别不出与舞伴是不是夫妻关系。

男人的苦楚

毫不隐瞒，我一直拥护女权主义，反对男权的霸凌。女权又是什么呢？我想任何概念和定义的东西也许是令人糊涂的解释。如果说女权是对人权的合理的抗争，直至抗争到平等于男人的限度，那就会有很多人能够听明白。有一点毋庸置疑，无论怎样，它都不该是对男权的摧毁。

自从搬到 H 小区，没见过哪对夫妇在众人面前争吵。这是文明小区，绝大部分居民入住一年后，大门口的外墙就挂有一块长方形的镀着紫铜色的牌子，上面写有"××文明小区"字样。据说，我所在的社区共有五个大小不等的居民小区，只有我住的小区获得这个荣誉。

发生在今天晚上的一幕，是小区里的人们没有想到的，事情在很短的时间里，就给小区往日的祥和鼓荡起异样的气氛。

这真是不该发生的事情。一个六十多岁的女人在小区门口情绪激动。她虽是广场舞团队的成员，每天参加团队的活动，但她只希望丈夫同她们一起跳广场舞，而反对他和其他任何女人在一起跳交谊舞。事情的真相在众人交头接耳中迅速暴露无遗——她的丈夫违背了她的意志，当了附近小区一个女人跳交谊舞的舞伴。可这能意味着什么呢？另有新欢甚至要离太太而去？其实都不是。丈夫是刚退休的一名科技人员，太太没说他不本分，只是说他的舞伴是个喜欢调情的寡妇。这意思无外乎寡妇在勾引自己的男人。此时，男人早就钻进楼里了，他的太太还在对着几个女人喋喋不休。

我不知道这风波什么时候平息的，也没有好信儿去打听那位寡妇大哭一场之后，是否找过那女人评理。不过，我在心里对寡妇给予同情，并感到那个女人撒泼似的行为有些可恶。一连几天我在想，如果一个男人因为妻子而丧失自尊，内心一定会比女人受控于男人更为苦楚，尽管我说的那个男人不一定真有苦楚的感觉。

生动的就是文学

她们知道我正在写作,在写一部关于我的知青生活的散文集,因为前几天我跟她们当中的几个人说过写这本书的事。我说这事的目的,是想知道她们当年的知青生活与我那时的所见所闻,到底有多少相近之处。在小区的合唱团里,有百分之八十以上的人有过知青经历。自从知道这个人员构成比例,我就开始对她们有了好感。

可一打起交道,我心里却觉得很不舒服。这倒不是因为彼此之间的志趣、爱好出现的反差,而是在听完我讲述知青的几个故事后,硬要我写一篇她们自以为其乐无穷、我却根本不感兴趣的东西,也就是写她们唱歌、跳舞(她们暂时还没有服装走秀的表演)和参加唱歌、跳舞比赛的情况。她们的用意很直白，就是为了迎接秋季全区歌咏比赛，并在比赛中得到不错的奖项。文章和奖项的关系是，只要写她们的文章（一千五百字以上）在市级刊物上发表，比赛组委会就给她们的团队加十分。这像给考生加分一样分量不轻，有这十分不知会压倒多少对手，获奖自然有很高的概率。团长和副团长竟然找上门来，而且承诺一旦获奖，会把她们两人得到的奖品全部送我，外加一封由全团三十六人亲笔签名的感谢信。"这是荣誉！难道你不看重我们的荣誉？""是的，很值得的荣誉！我当然看重。"我不得不迎合她们的口气。

荣誉一般要归属哪个人或是哪个集体，荣誉不具有普遍性。她们的荣誉即使与我居住的小区存在某种关系，对我而言也没有任何意义。她们的诚恳还是让我动了一下脑筋，动脑筋的结果只是发现她们四五十年前的生活和今天乐此不疲的形态有着清晰的来龙去脉，最后滑入另一个时空之中，从而变迁为另一种新的生活。我对此事的思考到此为止，我还是无从下笔。

团长反复跟我讲她们的活动是生动的，生动的东西就是文学,所以她们每个人都很文学,至少是文学的一部分。这个辩解很有趣,也很有力量,以至我无言以对。但还是使我难以接受,最后不得不离开文学的话题。

还是回到合唱团,还有彩色围巾和鲜艳的穿着,阳光使她们更加绚丽。她们已经习惯把大把时间花在里面,习惯不同年龄的人投来的复杂目光。她们毫无心理羁绊,暗暗用自己的言行抵抗惯性认知。不管我们同意与否,她们其实已经在造就一种文化。文学与文化是什么关系并不重要,重要的是,能使我不得不在懒惰的时候精神一振,瞪大眼睛看更多的事情发生。

偶　遇

这是一次偶遇。一双弓鞋（古代缠足女人穿的鞋）竟然成了古董，摆在古玩城里一位老汉的地摊前。同是穿着白色运动鞋的她俩，走到这里停下脚步，然后蹲下身子，每人拿起一只鞋，端详绣在上面的粉红色的莲花。两人对视一下之后，随即笑出声来。顿时，我的眼前有广场舞跳起来。

一切都是那么自然，人生注定会有许多种相遇，像每一个早起会遇见阳光。相遇打破了固有的沉静，使一些陌生的事物自相遇开始，重新排列组合。我喜欢在一些陌生的地方参与一些陌生的事物，不当主角，配角更好。作为一个经历者，或者旁观者，我静静地关注，像静静地晒着和煦的阳光，静静地享受异地的美食,静静地感受一种文化。而一颗心,已成为静物中的一部分,尽管有时像热烈的广场舞一样跳动激烈。

裁剪师与设计师

与专业模特们左右脚轮番踩在中线上的步子有明显不同,她们虽然也是按照那个样子使用双脚,并且一丝不苟,但每个人的身体出现较大幅度摇摆,两只脚踩到的位置与中线还是偏离一些,而且有微风吹拂她们,腹部大都隆起。这说明她们的体型与这种表演有些不相称。这次表演选在周六上午。

其实,她们在物业门前的首次旗袍走秀,已经非常尽力了。这是我在小区里刚刚看到的表演,以前看到的是合唱、跳舞,偶尔也有小型音乐会。走秀的人和参与其他活动的人并不是截然分开,其中有的人就是合唱团或是广场舞的成员。所以,有些面孔对我来说并不陌生。我的好奇心不是想知道那些陌生的面孔是不是来自我住的小区，而是想知道她们的服装是否由走秀的人自己设计。

这个问题很快就清楚了，那个始终站在一边的老年妇女，身着一身宽大的咖啡色袍子，她在细心地观察表演的每个人，目的是验证一下自己设计的效果。说她是裁剪师不够准确。裁剪师是按照设计的样式来使用刀剪，干的活是手艺活，手艺属于技术，而不是艺术。所以，服装裁剪师和服装设计师属于两个不同的角色。但在这个人身上合二为一，她们的服装都是由她一人设计和裁剪，并由她和助手一件一件缝制出来。

表演结束时，领队拉着她的手走到中央，让姐妹对她报以一阵掌声。她干这好事分文不取，出乎我的意料。领队宣布，等秋天到来，还要在这里表演一场。

物业的进门处竖起一块牌匾——H小区旗袍会。

迟来的舞者

已经有好几天了,好几处广场都有几位中老年男士跳广场舞。这在好多人看来,和当初看她们跳舞一样新鲜。我倒不觉得怪异。实际上,他们的行动已经滞后,有人还被太太说三道四。即使最早在广场舞里出现的男性,也不过是随太太而来,不得不参与其中罢了。当然,太极才是男性尤其是老年男性很早就喜欢的运动。至于跳舞,主要是跳广场舞,主角却不是男性。跳舞健身当然很快乐,但广场舞还有跳舞之外的功能。她们在这里可以遇到好多姐妹,好多姐妹有好多话原本藏在心里,在广场上彼此很容易找到倾诉对象,倾诉本身就成了很痛快的事。他们和她们一起跳舞,有了阴阳和谐的意象,似乎一种天地之间的呼应。但我还是有些遗憾,尽管我对跳舞少有兴趣。当初没有男士也罢,她们跳起来毕竟是浑然一体,待到有男士加入,却显得有些别扭,因为他们稀疏的身影不足以构成协调的半部。仿佛一幅紫藤画的构图,氤氲的气韵里少了藤干硬朗的骨气。这时,我的心里就产生了批评,甚至指责他们离群索居,不仅使男权丧失殆尽,而且连一点呼吸新鲜空气的勇气也不见了。我知道这和勇气没有多少关系。如果会有更多他们与她们同歌共舞,我想至少空间的色彩会被勾兑得比过去丰富一些。

雪　中

地面上的积雪似乎有很厚一层，雪花零零星星地还在飞舞。我在早晨起来的第一反应是，她们的活动应该暂停。但我的反应与实际发生的情况完全不符。

每天，我很少在她们走出去的时间醒来，醒来的时候往往是她们走在回家的路上或赶去菜市场的时候。我向D形广场望去，只见广场上的人跳得正欢。我看了看表，这是每天她们散场的时间。广场上没有积雪覆盖，说明她们进行了清扫。雪花突然密集起来，她们的身影开始快速摇晃，此时的音乐声和雪花的舞动是同一个节拍。

过了一阵再看，地面还是被雪覆盖了。雪越下越大，她们已无法打扫，开始与飞雪和地面的雪共舞。

人雪合一的画面完全颠覆了我的预想。我让想象随波逐流。人与雪重叠,现实与历史重叠,五千年文明史在出土文物里,在残存的建筑里,也在雪与人的自然重叠中。重叠令我的心灵产生撞击,也使最浅薄的思想厚重起来。

她们的舞蹈模糊了我的双眼。我的心灵对着风花雪月准备做几次深呼吸。

边境冲突

冲突发生在市中心区一个叫作蓝宝石的广场。

她们一直把城市空间里的某些地点看作生活的中心，具有内涵与意义的地方，甚至信仰的核心和圣地。的确如此，它不因死亡而被驱散，更不会被流放到荒郊野外。它始终拥有在城市中的崇高，并在生活中进行情感与精神的象征交换，似乎与祖先、诸神有着秘密的联系，或者是一个群体经验与群体记忆的物态化陈述。在她们认为的空间里，我无意中成了一个敏感的观光者，把她们的娱乐、日常生活仪式化和表演化，赋予空间以文化的象征。

和所有地方一样，这里的空间同样没有人来划分，先入为主是不成文的规矩。这规矩延续了好多年，所以好多年人们都按照先来后到的顺序，在自己认为是属于自己的地方开展活动。

作为活动人员最多的广场，蓝宝石广场早晚处在喧嚣的状态。喧嚣是相对喜欢清静的人使用的形容词，对在广场里活动的人来说，这个形容就不妥帖，起码应称之为热闹。我以为，但凡热闹都是组合的产物。比如，菜市场的热闹就来自若干个商贩的叫卖和若干个与商贩讨价的购买者。当然，我并不是说凡是组合的声音都属于热闹，组合得好可能还会成为美妙的交响。

蓝宝石广场没有真正的交响，各种声音完全汇合一起，旋律被戏谑得像个小丑。但作为活动的人群，似乎对此毫无感觉，每一个人都沉浸在与自己的肢体动作相配合的乐曲声中。这时你会发现，每个地方的边界虽然没有任何横线竖线的标记，他们却按照各自播放的音乐，形成了独立于其他团体的组合体。音乐使他们彼此相安无事。我很佩服民间的规则，每当傍晚路过这里，我对广场里的人都送上敬意。

接下来的事不知道也好，知道了就觉得蓝宝石蒙上了一块瑕垢。住在蓝宝石附近的朋友说，在广场中心位置的个两个舞蹈队，因彼此不时地有人跳舞越界，相互争吵已经连续三天，好在没有人动起拳脚。我当然反对这种很难辩出是非的争吵。其实有很多争吵都毫无意义，一切粗脖红脸与声嘶力竭，都不过是对心力和体力的耗费。但有时无意义的事对一些人来说却意义重大，比如对争吵的双方，涉及的是他们健康快乐的问题，所以把它看作无关痛痒的小事，那是麻木不仁的表现。后来，为了不因场地狭小而越界，双方各自采用裁员的办法，把最晚加入的人，协商到附近活动内容相同的团队去。这很类似于一本正经的人事安排。这个结果证明我的一番思索很多余。就在我彻底放弃对该事件的关注的时候，蓝宝石广场的喧嚣重新变得充实起来。

发现自己

看看她们,我开始感到自责,这种情况已经好几天了。我能说什么呢,只能说我自己浅薄,浅薄得无法对情绪进行自如的把控,致使意志偏离了理性的轨道。其实,我没有故意想去参照她们的行为,从而为自己找到一种对比。无论如何,我不想在她们的身上找到丈量我的尺子,因为她们无休无止、目空一切的且歌且舞,只能让我感觉到她们快乐无比,看不到还有别的收获。这快乐只有她们自己知道,至于和我有什么关系,我一直认为没有,并且也不想通过探究从中有所发现。

但有一天,我发现她们踩着音乐和鼓点的趾高气扬,发现她们健身后走在回家的路上像是吃完喜宴的样子，我觉得只有她们才能把时间分割得如此精致，以至把惯常的生活与生活中的快乐融合得天衣无缝。我突然发现我变成了这样的一个人：世俗的尘埃蒙住了双眼，脑神经像战栗在纸上的文字而不能安稳，梦里是文字垒筑的道道高墙，把我的身体禁锢。这个发现无论我怎样不肯言说，实际上都是被她们折射的真实，没有虚幻，没有夸张，完全是我的赤裸裸的本体。我对这个结果没有感到什么恐慌，反倒十分踏实而庆幸。如果我不是每天能看到她们，或者她们根本不在我的身边出现，我就没有不止一次地观察她们的机会，当然也不会这么快就看清自己的面目，所以我对她们充满感激。于是，我对快乐的理解无疑获得一次飞跃——贫富、年龄、身份、性别以及家境与快乐并非因果。这又是个哲学问题。

生活本身有时就像幻觉，一梦醒来，倏忽之间几十年过去。笼统地分类，人生不过经历两件事，这两件事便是快乐和痛苦。无论快乐还是痛苦，于今天回忆起来，大多已被取代，被改变，被遮蔽，被扭曲。而一切不及她们趾高气扬和鼓点节奏的往事，在她们看来都像是未曾发生。

　　我喜欢哲学思考，更喜欢放弃思考，在一切自然而然的事物面前，似乎一切都显得多余。

知性女人

她七十多岁了。她告诉我年龄时就隐去了个位数。看上去,她很像六十出头,尽管头发花白,脸上却几乎没有年逾古稀的沧桑。实际上,她的动作也不像那个年龄的人,很有几分年轻人的轻快,站立和走路腰板儿都是挺拔的。一开始,我不知道怎么称呼她好。她让我叫她"老大姐"。这个叫法虽然把我的年龄与她拉近很多,但我觉得这样称呼很合适。

我第一次见到她是在离小区三公里远的儿童广场。在五六十人集体跳"小苹果"时,她戴着玫瑰金色框架的眼镜,面朝舞者微笑,用手轻轻地打起节拍。她显然不是舞者的领队。我和她的交往是我为她拾起打节拍时掉在地上的一本《唐诗宋词选》开始的。那天我无意从那路过,是在回家的路上看到了公园的指示牌。以前我从来没有到过这里,以为那是孩子们玩耍的地方。夏日里,余晖很费力地穿过楼群的空隙,洒在公园里停泊着几艘小鸭船的湖面上。湖边的广场呈梯形,上学的孩子们这时是很少来的,所以,她们跳舞就占用了这个好地方。

"老大姐"并不是"小苹果"里的成员,她来自附近的教授楼,曾是那个大学的历史系副教授。我和她开始的交谈没有任何目的。她说自己很喜欢古典文学,退休后在老年大学当诗词写作辅导老师,并告诉我正在写一本关于老年知性妇女退休生活的书。这很让我感兴趣。我对她们的生活开始关注,但对她所要研究的内容很少了解。我最初关注的,只局限于我居住的小区里的那些人,她们不是知性的群体,至少缺乏知性。即使距离更远一点,也大都是小区里的同类。我为日后写作收集素材,所以不在意谁说我的视角出了问题。

她说她的学员最小的五十岁,最年长的七十四岁,现在正学习古词牌填词写作。这个消息很是新鲜,这是多么了不起的群体!她们竟然对古体诗词也怀有那些人对广场舞的情感,怎能不令人心生敬意呢!我是从她的口中才知道老年妇女会参加那么多培训班——声乐、朗诵、钢琴、写作……我孤陋寡闻了。从此,我知道她们竟然有如此丰富的生活。

我在每天早晚的喧嚣里生出的偏执随之消失。

古老与现代

在同一个空间里,古老的面孔和现代的身影邂逅在一起,怪异中似乎又顺理成章,很是令人动脑筋,思考一下怪异背后隐秘的东西。这个场景在我的故乡,在穿过故乡的公路的西侧。一般来说,不会有人把古老与现代联系得那么紧密,因为它们彼此没什么可以作为相互对话的理由。

一座五十多年前就被拆毁的城墙,现仅存一处残垣。我一直相信自己的记忆,这个地方常有妇女的哭声。被男人打骂的妻子,就在这墙上画的保家仙面前祈祷。保家仙早就随墙而去了,现在的墙是夹在青砖里的黄土,上面长出许多槐树和榆树。但它依然还带有古城墙的庄严。她们并不觉得这份庄严与墙下一片用黄土夯实的空场（当年是集体的羊舍，生产队解体后拆除，留下一块空地）存在排斥，相反认为被土城墙弹回的音响十分好听，对跳舞的人很有好处。

春寒还没苏醒，不能说春天已经来临。但这丝毫不影响她们的约定，即使是冬天，她们在晚饭后也没停歇，也会准时在空场上跳起来。她们跳的其实也是舞蹈，是有跳有蹦有扭的大秧歌舞。起初有几个人伴奏，后来用播放的音乐代替了人工的吹打。天暗下来，有人把灯光打开，一盏水银灯足够为她们照明。

土城墙始终昏暗，毕竟是从明朝展露到现在，况且已经面目全非。之所以称它为一张面孔，是说它依然有表情，有表情里的喜悦和哀伤。现在很令人捉摸不透，第一次面对狂歌乱舞似的人群，它如果还有微弱的神思，那一定是不知所措，当然也会误以为，这样的歌舞是人间对它祭拜的特殊方式。究竟它是怎么想的，只是我的胡思乱想，故乡的人对它早已视而不见了。实际上，这是不该有的态度，它没有消亡，它的体温和土地的体温一样，或者说，它因土地寒冷和温暖，因土地上的人在守望黎明与黄昏。

故乡的人不会以它对音响的作用，随随便便地说它有存在的必要。音响播放的是秧歌舞曲，秧歌舞旋即扭起来了。土城墙的兀立虽然有些尴尬，但它是舞台的背景，上面也打出字幕，只是树枝的斑影无人读懂，我对此的理解应该是关于割裂与融合的一些表达。空中掀起一片烟尘，在她们眼里，空场的空中却旷朗无尘。

我的想法开始增多。那时的祖母正在煤油灯下缝补衣裳，那时的母亲正怀抱一捆柴草，准备明天的早炊，那时的我在她们中间跑来跑去……那时的她们在晚饭后的狂欢，在她们梦里也没有出现过。还有，那时的傍晚往往这样：在女人和男人进入家门前，女人围绕男人一圈，为其细致地做一番清扫，然后女人再去拍打自己衣裤上沾满的尘土。她们的脑子开始清静下来，每户人家也很早就睡了。除了庄稼和粮食，没有别的想象，更没有想象农用机车和轿车会停在自家的院子里。即便在并不很远的年代，健身在故乡所有人面前都是很滑稽的行为。日子如突来的阵风，让想象和不可想象一同施展魔法，使城里人的活法悄悄在自己的土地上种养出来。

我忽然觉得，故乡就是一只碗，那些汤汤水水和米粒告诉我们何谓生活,有的在时间中成为梦想,有的在劳作中更趋于神性。我不希望在寻找归属感的途中迷途而已。但在乐曲声中,我像一个懵懂的孩子,对眼前的事物无法解析。其实,不论是人还是事物,都有成为符号的可能。更多的时候,我愿意像祖母一样,在灯下缝缝补补,把一些符号串联起来,但串联的结果并非成为一种因果的链接。我在有必要告别的一些事物面前,一切图景却又与我挥手而去,像一部伟大的作品,留下隐形、抽象而无限的内涵与价值。

据说,过几天就开春耕。她们的男人们和土城墙的面孔同时微笑着,但都与泥土上的事无关。

慷慨有些突然

吝啬的人一旦突然变得慷慨起来，不免令人暗生疑窦。如果有一天，暗生疑窦的人遇到吝啬者的慷慨，就会知道慷慨的由来。

我听朋友说，她们二十多人，自掏腰包，购买了几匹绸缎，以制作走秀的服装。那东西价格并不便宜，而且走秀几场之后，也就再无他用。她们的消费意识和习惯，早已注定她们对所要购买的任何东西都要挑挑拣拣。在菜市场里买一棵白菜或两棵葱，非要除去上面的枯叶然后再称量的现象也不少见。但我从不耻笑她们，因为生活就是卑下的琐事，既然是琐事，也就难免有卑下的举止。这举止在一些人看来，会说是道德的某种缺陷，但对她或她们来说，应该是一种平常不过的精细的节俭，尽管有时会遭到商贩的白眼。

现在，她们不约而同，为接下来的服装表演，突然一反常态，绝不再算计得那么精细了。没有必要大惊小怪，因为值得深思的问题并不存在，很直白的道理是，深爱的就是最值得的，最值得的无法用币值加以说明，而能够用币值去衡量的，恰恰不是最值得的东西。她们有些突然的慷慨，是为了说明自己生活心智的成熟。

笨拙是一种本真

在这个舞蹈动作协调的队伍里，只有她的动作显得有些别扭。她自己像是知道，否则脸上的表情不会那么羞怯。就在我走到这个队伍旁边，不经意间看到她的时候，我和她的目光相遇。她明显是朝我笑了笑，是自我解嘲似的那种笑。我顿时有种失礼的感觉，尽管我根本没有嘲笑她的意思。我只是在整体中，突然发现了个体，因为她没有融入整体。

她现在的肢体动作告诉我，她过去从来没有跳舞的经历。她之所以跳舞，一定是因为受到跳舞者的熏染或不厌其烦的规劝，当然也不排除她健身的心理以及寻找快乐的意愿。她毕竟年岁大而又对跳舞一无所知，所以舞步明显拖沓，手臂的摆动也显僵硬。作为舞蹈队里的新手，几个旁观者向她投去的目光，也许对她四肢的伸展收缩构成影响。旁观者和我一样，都不过是随意地张望而已，根本没有在舞者之间进行比较的用意。况且，她们的舞蹈完全属于她们自己的快乐。

她的羞怯没有必要。当然，这也许是任何一位初学者固有的表情。无论如何，她还是认真的，穿红上衣、白裤子，戴一副洁白的手套，说明她有坚持下去的想法。只是每踩一步音乐的节拍，都像是经过酝酿之后才有的动作。看得出来，她在舞蹈中正在努力寻找完全融入整体的机会。旁观者的目光最终对她来说无足轻重。这真是很难得的意识，甚至说是勇气。

而那些老练的舞者，因为长期重复那几个动作，呈现一种机械的娴熟，难免给人以麻木、惯性、凝固、安排之感。而生疏犹如鄙陋，更易发现原始与本真，就像是一种诞生，刚刚冲破母体出来，以本能的姿态面世，并对世界的变化没有知觉，我行我素，哭笑自然。一切的开始都会给人以无穷的想象空间，或者给人一种新的视野，大巧若拙，一望无际。我想，笨拙总与真诚有关，容易令人想起咿呀学语，蹒跚学步,还有生涩而美妙的初恋。

天空中弥漫着一层薄雾,似乎要庇护什么。我知道她不需要庇护,她只需要舞台。

一切协调都源自不协调,正如一切灵活和敏捷都起始于笨拙。可以断言,没过几天,她就不易在整体中被围观的人发现了。

广场上的人群像雾霭一样苍茫,呈现于某种距离之外的是曚昽的落日之光……过不多久,广场将被黑暗笼罩,人群散去,空旷无物,人和事连痕迹都没有。这会让人怀疑这个广场、这块土地上,是否存在过她们。许多人和事,在这天地之间恍如一梦。

极简访谈

时间:某年中秋节次日

地点:滨河花园珍珠广场花坛前

我:您为什么喜欢跳舞?

她:难道你对它的好处一无所知?

我:您还有别的爱好吗?

她:有必要还有吗?

彼此笑而不语。

缤纷的形态

正午刚过,正是该午睡的时刻。我在炽热的阳光里,从一座桥的北端走下来,那声音就震响了耳鼓。

循声望去,我一眼就发现了她们。走近些,看到二十几人在河边的树荫下嬉闹,间或带着吵嘴似的嘈杂,使林中的寂静消失殆尽。她们喧笑的理由很简单,简单得与孩子没有区别,甚至有众多的孩子都不会因此而得意忘形。实际上,她们并没有忽视自己的形貌,红的绿的黄的,还有白的和蓝的纱巾,成了她们装扮的必需品。这些纱巾,我经常在广场的舞者身上看到,绵绵长长的,舞起来如飘飞的彩带。

这很容易让人想到戏曲舞台上叫作"水袖"的功夫,用投、抛、荡、抖一类的动作,使人物情绪在长袖的忽伸忽缩、忽起忽落中得以表现。她们的表现怕是借鉴了"水袖",尽管心里清楚,无论如何也舞不出"水袖"的样子。

色彩毕竟是色彩,静下来也是缤纷的形态,所以我看她们的用意不在于舞,而在于它能使空间绚烂,把空间里的空白涂抹成她们喜欢的颜色。于是,她们可能要极尽广场舞里最富有夸张性的动作,比如,让弯曲的一条腿高高抬起,然后两只手臂向上,把手中纱巾的中间部分拉紧,使两边自然垂落下去。好了,就是这样,有人开始用手机拍照,随即,她们哄笑着散开,又把照相的人包围起来,争先恐后看拍照的效果,然后又旋荡起一阵喧嚣。

我以为这种形式,对她们来说没有欢欣鼓舞的必要,但凡拍照的举动,对所有人来说,早就习以为常了。但她们的想法显然与我不同,也许认为我对女性主义快乐的含义一点也不懂,更不懂中老年的姐妹们相聚在一起是怎样心情。我用我的惯常的思维,对她们的行为一时无法解析得一清二楚,但我知道,她们的目的是找寻快乐。不易被我看到究竟,说明那快乐也许与时光深处的某些事情有关。

这个场景,让我安静地看了半天。然后,我把目光从她们身上移开,看河边的那条小道。这是这座城市绿化最好的一条道路了吧!两边的树木笔直而茂密,为道路形成了一条天然的遮阳棚。树下是花丛,一些叫不上名字的花儿安静地盛开着,与她们舞动的色彩相映。漫长的夏天,浓郁的树荫把城市的喧嚣挡在远处,近处只有"水袖",只有舒缓,只有冥想和神性。

她们的舞姿与冥想的我相随,直到我离开很远了,影像依然存在。

一张照片

住在我家对门的舞蹈队的领队，又送我几张她们舞蹈比赛后站在领奖台上的照片，并特意从中抽出一张，让我好好看看。她很自豪地说，这是她的功劳。这不是领奖也不是跳舞的照片，和她说的功劳有什么关系呢？她对疑问的解答只是让我看照片。

照片的中间坐着两对老年男女，均穿礼服，满面春风。后面的人站成两排，有二十多人，清一色涂抹红唇，披统一红色纱巾。她就站在前排正中。照片像是祝福两对老夫妻生日或结婚纪念日一类的合影，看不出涉及领队的功劳问题。最后的谜底还是她自己揭晓的。

她的讲述有头有尾，头的部分是鳏寡，尾的部分是重新组合。她把小区两位丧偶的大爷硬拉进舞蹈队，不过几天工夫，他们在这里就找到了晚年的依靠。这方法很独特，比媒婆似的费尽口舌左右说合有创意多了。

我忽然发现，自己的认知又出了不小的问题——她们根本不是只为独自快乐的一群，她们的目光时时都在投向生活的破洞，不仅是自己的，是目光所及的每一个人的，甚至是社会关切的各个角落里的人和事。我不是说另部分人始终麻木不仁。但真的很奇怪，这些破洞恰恰最容易闯入她们的眼里，而她们对这些破洞的弥补，往往具有超乎我想象几倍的热情。这就可以看清，她们的歌舞还不足以使她们快乐无比，而这时，为他人寻找快乐，就成了她们为获取最大欢欣的另一种选择。

既然如此，任何人就没有资格和权力批评她们狭隘与自私，或指责她们只是喧嚣的制造者，是用自己发疯的神经去扰乱别人神经的人。如果用这些言论去对待她们，那会明显失去公允。

决定走近

今天,我的想法终于变成了决定——我要为她们写一本书,写一本反映中老年妇女生活的书。这与我之前认识的那位副教授老大姐要写的书应该是有区别的。我要写的是包括知性中老年妇女在内的她们,是属于她们的各个群体的生存状态及其心理成因,而不是过去与现在对比式的铺陈。这涉及社会学、经济学、心理学和哲学。

同时,我也不希望这是一部复杂得让她们读不懂的书。我只想把自己的思想揉碎,和一些客观的东西搅拌在一起,如果可能,在精神上有所斩获。而精神应该是独立的,它拒绝一切程式化的东西,一切本于心性,源于慧能,自由行走,不入乡随俗而又不为俗物所累。总的来说，我想让这本书洒脱得能对一些思维定式，在空间和结构上实现一种消解。

所以，对于我来说，这不是轻而易举就能成就的著作。我大致做个计算，其实就是含糊地估计一下，但没有得出这本书的完成至少需要多长时间。这在许多作家看来，我是头脑愚笨的人，与文思泉涌的作家显然相去甚远。对此，我虽然无话可说，但我在心里有为自己申辩的理由，而且这理由是非常充分的。因为我不想借助一个主题去写作，主题只代表方向，而我考虑的是，如何使主题最终成为真正的主题。我的思考是看到了写作的难度——能否更多地接触并深透地看到她们的动机，以及受意识支配所形成的种种表现和行为，我心里没有任何把握，或者说心中无数。

对于她们来说，这本书也许可有可无。最初，我和一些人的看法相同，因为从表面看来，她们的行为不过是生活里的娱乐和消遣，是属于缺少理性的浮躁的东西。后来，说不清有哪些具体缘由，脑子里就那么灵光一闪，觉得这本书很重要——毕竟是几千年没出现过的现象，在今天突然出现了。它像一段历史，不可忽视，记录下来一定是有某种意义的。当然，这不过是我的认知，是否具有意义，要取决我的写作是否将意义赋予了她们。

怎么能完成对素材的收集，让我很伤脑筋。我不可能通过随时遇到的那些支离破碎的情形，或是道听途说的人物和事件，就做到对她们一览无余或一目了然，就能写出一本像样的书来。想来想去，我必须尽快放弃案头无关紧要的写作，在最近几天处理完待修改的稿件，这样我能腾出大脑存储的空间。我知道，收集素材的途径没有捷径，如果有的话，就是一直向她们走近。

首先是社会学

奥古斯特·孔德创立的实证主义理论，不可能在社会群体的类型中，涉及出现在今天的她们这类群体，并且把她们作为一种现象去研究。但她们在城乡以娱乐、健身、艺术、养生包括学习等不同方式的存在，不能不说值得研究。

我觉得，最适合研究这个现象的应该是社会学家，因为它属于社会制度下的社会生活及其社会秩序。有时这样一想，信心就像泄气的皮球。其中是有些原因的，因为我所需要的，毕竟是社会关切的文学表达，况且我也只能用文学去表现她们。文学从来不是孤立的，此类现象直接涉及社会学的范畴。

那么，既然有社会学的冗杂，那些令人眼花缭乱的经济的政治的人类学和心理学的东西,那些关于知识、思维、情趣、信念、修养,以及阅历、职业、性格等的概念不仅无法越过,而且还要借用过来,为看清她们选准不同而又合适的视角,以便为文学注入更加丰富的血液。应该说明的是,不是我有意使这个现象变得复杂,而是这本身就是复杂的现象。

说到这里,又无意中走进了哲学的怪圈。这很枯燥,充满了乏味的思辨,如果稍不留意,文学就会被抽象的理性抽干血液,最后使我制造出来的产品变成一具枯瘪的干尸。尽管我喜欢哲学,也不愿让文学陷入这样的境地。

警惕的"红袖标"

这样的角色转换令我惊讶。昨天早晨和晚上,她们还彩衣加身,歌舞于小区内外的广场,今天白日,却魔术般地换一身或青或蓝的衣装,左臂佩戴红袖标,上面写着"治安监督员",人人俨然一副保卫者的形象。

早饭后是有工作的人上班的时间,她们在这个时候上岗。岗就在小区,在小区每幢楼的前前后后。当然,她们的布岗是有人事先告诉好的,要不她们也许会扎堆,而不会化整为零两两为伍。谁能知道她们到底有多大的保卫力量呢!反正她们的姿态与平日的保安很相似,都是东张西望而又带有搜索的姿态,像是猎人可能会随时发现猎物。这时,你再和她相遇,她绝不主动与你打招呼了,你要主动和她们搭话才行。她们中有的不仅不和你打招呼,还仿佛视而不见。与你只是眼熟但无日常接触史的人,对你就是这样。我发现她们的神情很奇怪,载歌载舞时满脸喜庆,由内向外地发散。我以为她们在生活里也该如此,如此春风得意。今天就不同以往,她们的脸部显得十分僵硬,目光里充满了警惕,偶尔抬手指向哪里,交头接耳一阵,向另一处走去。她们都在流动,碰到一起点头示意一下,继续流动。我在电影里看过这种叫作"巡逻"的情形,其目的就是防止意外。无论怎样,以她们的年龄和体态,似乎都不能满足保障每户居家不发生被盗案件的条件,但她们流动的身影和灼灼的目光,以及发现情况后即刻发出的尖叫和怒吼,足以使不法者丧魂落魄、望风而逃。这样看来,她们是有这个能力的。令人感到钦佩的是,她们整日巡逻却不取分文。我又一次验证了我在前面对她们的认知。

　　舞者变成"卫士",是看到当地派出所贴出的一则通告:某小区接连发生两起盗窃案。她们每人不仅有纱巾,还有红袖标。

我要成为舞者

走近她们,最好走进她们的舞里,这样能做到感同身受。我这样想了很久,以至几次跃跃欲试。我是舞盲,如果当年的广播体操与舞蹈有关系就好了,可惜一点也没有。我知道这是个不小的问题。

任何作家要写出好作品,没有感同身受的体验,恐怕难以下笔,即使写出文字来,也是没有灵性的东西。所以,我必须成为她们中的舞者,哪怕一开始被人耻笑也不要紧。我在一天晚上漫步时,看到她们正跳一种舞蹈,我从来没见过的舞蹈。它和普通的广场舞不同,脚尖脚跟击地,摇晃、转身、诙谐而又威武。如果我没看见这种舞,也许不易有跳舞的欲望。有人告诉我,它叫水兵舞,最早属于美国西部牛仔舞，后来美国水兵在军舰的甲板上跳。我的想法很直接，如果真能与她们一起跳舞，我会解开这个谜——她们为什么乐此不疲。我被一位负责中老年人活动的朋友领进一家活动中心，中心的位置在一家歌舞厅后面的六层楼里。我进去的时候，先被请到一间茶室。随后，老朋友叫来一位身着暗绿色服装、扎紧裤脚、穿黑色舞鞋的妇女，看样子有五十多岁（她的实际年龄六十五岁）。她的装束我并不陌生，跳水兵舞的人都是这种穿着，即使和她服装不是同一种款式，也是有与之同样的严整和一种军人的豪气。

我心里有些许局促，尽管知道自己不是想要学得多么深入，只想获取赖以充数的资格，并不需要经过严格的正规训练。她的热情却与我的初衷不一致，以为我想要求得建树，所以她一本正经。我有一种入学前的孩子接受老师告诫时的无所适从。我不得不把真实动机告诉她，她突然显得很不高兴。这不能对她有何责怪，她一定没遇见过与我一类的学员。沉默片刻之后，她最终答应教我，并且表示尊重我的想法，说我的习舞可断可续。

其实，我只向她学了不到半个小时，其中水兵舞六个基本步,前倾后仰地足足让我迷惑了好一阵子。我的收获不在于对简单的舞步能笨拙地模仿,也不在于我在模仿的过程中得到某种愉悦,而是从教我舞蹈的老师口中知道,她们之所以喜欢这种舞蹈,不仅是要以此陶冶性情,而且是要通过这一独特的舞姿,复现当年青春的身影,证明现在起舞的自己与实际年龄完全不相吻合。

　　她的想法已经让我感到满意,我想要得到的似乎就是这些,但我还是想今后能成为她们中的一个舞者。这将是我一种具有现代性体验的一部分,形式上融入世俗,时间上填充空洞,精神上消解虚无。以一个舞者的姿态完成我的文学积累。

并非娱乐而已

与她一番交谈之后,我发现我很浅薄,或者近于偏执。我开始怀疑我观察的视角,是不是因之而落得一孔之见,好在她的直言不讳,使我对一个群体的认知渐渐丰富。

她是我同学的姐姐,又是我曾经的同事,刚与七位姐妹从新疆写生回来。这对于六十多岁(其中有一位女士五十岁刚过,为大家做后勤服务)的人来说,是一次多少带有冒险意味的行动。在她家并不宽敞的客厅里,我看到她此行的全部绘画作品。没有必要去评价她的作品达到什么水准,况且我对绘画的审美并不内行,但有一点我敢肯定,她绝不是初学者,应该有很长时间的绘画实践。我和她的谈话不是从讨论绘画开始的,这样会使我陷入尴尬。我只是佯装欣赏的样子。其实也确有欣赏的成分,因为对水彩画我能看出大致的好坏。她画的全部是水彩。

我的思考在水彩之外。从她身上,我看到她追求自我并要实现理想中的价值,只是她认为要抵达的境地,在他人眼里也许可有可无。但她执拗不放,非要获取不可。沿着寻常的路径去思索,这种做法要关乎年龄问题。这只是我设想出来的,是我按照自己的心理,去衡量他人当然也包括自己的习惯。

我原来的认知是,追求属于青春的土壤里生长出来的植物,蓬勃的状貌也如青春,并随青春的逝去自然枯萎甚至消亡。但她告诉我,她对绘画的追求始于五十五岁,到现在整十年。我清楚,任何欲望绝不是凭空而生。她当年是北大荒的知青,因为不擅长绘画,又没有照相机拍照,北大荒的田野只能装在脑子里。她回城后在一家陶瓷厂当学徒,看到人家在盘子和碗上绘制图案,很是羡慕。退休后,她自己也不能完全说清为什么要做画家,甚至也说不清与她同行的姐妹为什么要当画家。她甚至说,当不上画家会成为她一生的遗憾,说得如发誓一般。

很显然，这与我认为她们的活动不过自乐而已的想法背道而驰。她转而对我说："明年春天你再来看我的作品！"

第一次采访

坦率地说,这次采访使我感到不快,至少有不舒服的感觉。此前,我还是有所期待的,因为毕竟是第一次直面一个人,采访她们当中的人和事。我做记者时,这个特殊的群体还没有出现,所以不涉及这个题材的写作。促使我提前拟好采访提纲的是一种新奇感,提纲里内容很广泛,比如退休心态、早年经历、家庭状况、兴趣爱好、活动事项以及价值追求,完全依照了社会调查的样式。我这样准备的目的,是想获取特殊性的钥匙,打开普遍性的金锁。当然,这把锁也许同时掌握在若干人的手里。这不要紧,我已经做好采访更多人的准备。

当我通过朋友把她约请到附近茶馆的时候,我突然想起叔本华的那句话——每一个人首先是并且实际上确实是寄居在自身的皮囊里，他并不是活在他人的见解之中。这句话，我曾因自己被别人指责傲慢无礼，在并不常写的日记里引用过一次。这次我想起这句话，是看到眼前的她为自己而活的夸张表现。

她在回答我的问题之前，不停地用手梳理自己的头发。她的发型显然经过理发师的精心设计，每根发丝都弯曲着，蓬松且又不乱。其实，她没有再做梳理的必要，况且外面又没有风的吹拂。这也许是她的习惯。我对她眉毛的形状感到突兀，像是卧蚕眉那种，但眉身过于上翘，眉黑得有光亮闪动。鲜艳的口红是好多年轻姑娘不涂抹的，与不可掩饰的深陷的法令纹缺少一致性。她并不是跳舞刚刚归来，但穿着的是一身粉色长裙，一条绿色纱巾披肩。如此酷似戏曲舞台上的装扮，必是她自己的所爱所好，我心生反感似乎没有理由。而有理由的是她不考虑我提出的问题，完全按照她大脑里固有的想法，既像对我倾诉又像旁若无人，似乎要一口气把肚子里的话都说出来。

我努力把她的话打断，几次问到她退休的心态，她却仍然不停地讲舞蹈比赛时，评委打分如何不公。

当我问到她喜欢跳什么舞时,她能迅速回到我的提问上,只是她介绍的舞种及其特点过于繁杂,使我不想再听下去。她很坦诚,说自己没什么文化,中学毕业就上山下乡,抽工回城在街道企业当工人。无论如何,我都觉得采访进行得很不顺利,尽管她始终滔滔不绝。她起身离去时,诚恳地向我表示,需要由她提供哪些情况,不要客气。我的笔记本上,只写下她的姓名和两行可有可无的文字。

后来我还是有些自责。无论她怎样令人不可思议,其实都是可思议的,只是我没有体味出她不该苦涩时的苦涩。既然本该绽放的炫美被阴霾埋葬,那么,看她当今学着绽放的样子,又何必大惊小怪呢!

我开始回想,我的目光邂逅她的神态,自以为是发现了她的傲慢无理,而当我在黎明醒来,我才知道自己的目光里带有不屑一顾的卑劣!

想　象

怎么可以全凭想象呢！我要为她们写的东西必须是真实的，是非虚构的真实。散文不是想象的虚构的文学。这个问题接近简单的文学常识。

我当然不会用想象代替纪实，也不会在纪实中掺入想象。但我的意识里，想象往往如囚禁在笼子里的狗，一刻不停地寻找出去的时机，即使明知无法出去，也不会失去对外面世界的想象。

而与狗不同的是，我不会歇斯底里大喊大叫，只是在脑子里以想象去描绘我要写的这本书的内容。因为我在短时间内，不可能搜集到理想的素材——她们中的典型人物和典型事例。也许是心里的急迫催生想象，在我不能真实地写出她们表面与内在的时候，我就会用想象去填充文字的空白。比如，我想象书里她们的类型，至少要分出十几种，其中对性格、学历、阅历、情趣、婚姻状况、收入水平以及生活状态和价值追求方式等，必须有定性定量的分析。至于具体的人物，当然是遍布神州各个角落的才好，因为地域不同，文化各异，具体的人才不会千人一面。

她们的一个个人在哪里呢？首先在我的脑子里，在我脑子里的路上、广场、舞台、证券交易大厅。她们也在旅游团乘坐的飞机上，降落在世界各地的城市，然后在罗马广场，在香榭丽舍大街，在尼罗河、莱茵河、多瑙河和泰晤士河边，且说且笑，且歌且舞。她们在拍照，不停地拍照，为自己也为姐妹，为了数不清的在她们看来又是最值得的纪念。

我反观自己对休闲的态度，虽然也会忙里偷闲去旅游，去享受大自然，但有些时候，这么做了，却又有浪费时间的忐忑。中国文化里历来有鄙视享乐的成分，而她们，似乎只有她们毫无心理羁绊，在自己步入中老年时开始觉醒。从这一点看，她们反倒是具有不折不扣的先锋性了。

其实，这些无须展开想象的翅膀就能获得的想象,每个写作的人都能轻易获得。我知道,没有想象,也就没有文学。想象为创作提供呼吸,也为创作输入灵魂。可见,文学是一门想象的学科。对我而言,这已成为一种习惯。每次动笔之前,都有想象的东西乘虚而入。我的方法有点特别,我不轻易相信我的想象,有时甚至认为它是梦中的虚幻。但我对于活生生的人的想象不可避免,把她们放进书里,在我的书里永久存活,书才会是活生生的书。以纪实的方式记录她们的生活,记录她们与其他人群生活的不同,在我没有亲眼看见并对她们深入访谈的时候,我不会把它作为真实的存在,尽管我知道想象出的一切完全真实不虚。也许纪实性的强烈会让文学的意味有所寡淡,甚至使文学隐匿起来,但纪实里的生动,恰恰是文学脉搏在跳动。

我还是不能放弃想象,它是站在远方不停向我挥手的向导,招引我尽快把现实揽入怀中并向它奔去。

只是区别

她们是有区别的,尽管每一个人的装束具有极高的相似度,但她们作为个体或者作为活动的若干个组合体都不雷同。没有雷同自然就有了区别,有了歌唱与舞蹈、绘画与走秀、写作与旅游的区别,也有同为中老年的具体年龄的参差,以及学历和阅历的不一致性。

有了区别就显示了不同,她和她不同,她们和她们也不同。所有的不同都是个性,有趣和无趣的东西都蕴藏其中。按照这样的逻辑,似乎就有了高雅与粗俗的比较,聪慧与愚笨的反差,以及高贵与卑贱、深刻与浅薄的对照。后来,我觉得我的意识里总是有个须臾不离的影子,以至成为一种习惯——非要找出可以用来评说的差距，好像没有差距作为一种参照，评说也就没了依托。

我因此不知不觉地混淆了两个不同的概念，竟然把区别当作差距。现在看来，这是很可笑的事。小孩和大人的区别，只是小孩晚于大人的发育；动物与植物的区别，在于细胞有无细胞壁，两者有区别却没有差距。如同一个偌大的牡丹园，有多种花色的区别，它们之间却没有差距的存在。区别，历来都赤裸着诚实，让你一目了然，而差距，则是按照特定的主观与客观的交合标准，或者不用交合，只使用其中的一个标准，然后通过比较（一个与另一个、一种与另一种、一类与另一类）看到的不同。

看来，我对很多事情经历过后的沉重，包括对于一些人看法的极度乏味，都是源于物理学的观察，并把比较作为一种分析方法。我之所以告诫自己，这是不该出现的问题，是通过对她们的比较之后，对差距一无所获。我怎么能看出差距呢！我从她们的志趣出发进行分析，而志趣之于她们中的每个人，都是至高无上的神祇，牢牢占据她们精神的每寸空间。她们被志趣主宰，又在被主宰中使志趣壮大。对于她们来说，每个人的志趣都分属于自己的意向和偏好，并不受他人的评判而存活与消亡。

于是，我对她们开始怀有尊重。

吊 唁

我不知道小区里有这么一位老年妇女,被年龄并不比她小多少的一帮人照顾多年。她还是死了,据说死于一种遗传性很强的疾病。那病的医学名称很长,有七八个字之多。

她的死因并不引起我的关注,我关注的是,照顾她的人是何等的有爱心。我无法知道她们对她采取了哪些具体的行动,当然也不想知道那些只限于姐妹之间才有的表示。有人说,她曾经是舞蹈队的领队,带领姐妹们跳广场舞整整八年。她孤身一人,终年七十六岁。患病三年多,受过她指导的舞者轮流照顾她的饮食起居。据知情人说,如果她不是很早就跳舞健身,保持心态乐观,恐怕早已病逝了。我大概收集的仅有这些，其他的没有人向我介绍，我也不想去过多打听一个死者的情况。其实，我已经很清楚了，她是怎样一个人，她身边的人是些什么人，以及她与她们之间最初是如何建立的关系。如同一篇文章的时间、地点、人物和事件，都已经一清如水。

这天早晨，一切都结束了。那些一清如水的东西都在晚秋的寒凉之中，被裹挟着银杏树枯叶的晨风吹送到整个院落。人们在紧邻物业的楼口先后进去，然后在死者曾居住的一楼房间轻轻走出来。楼口有好多花圈，据说是姐妹们连夜制作的，花圈上扎的纸花，是她喜欢的白色、绿色和黄色三种颜色，红色的她也喜欢，但没有被姐妹们选择。每个花圈都有用这三种颜色的纱巾扎裹的外缘。她们静静地聚在一起等候为她送行，其中有多少人是轮流守护在她身边的姐妹，只有她们自己知道。一定是事先通知好的，女人的衣服都是统一的深色调——藏青色和青灰色，胸前佩戴白花。

我只见过她们在广场上歌舞的神态，却从未见过她们如此凝重和悲伤的表情。往日的欢笑在这一时刻戛然而止，好多人脸上布满泪水，面色沉郁、痛苦，俨然亲人的离去。在灵车启动的一刻，她们放声号啕，撕心裂肺。

河畔的D形广场空空荡荡，只有几片枯叶在地上被风无力地翻动。

尬 舞

这个广场我经常路过。它是被一个拥有百多人的舞蹈队几年前就占领，后来再也没人敢来占领的广场。距此很远的一个仅有十几个人的舞蹈队姗姗来迟，看起来和邀请方的人数很不匹配，但她们中的每一位都是远近闻名的跳舞高手，是搞舞蹈培训的老师，所以她们一到场，全场的人都为她们鼓掌。

开始之前，有人讲话，像一个开幕的仪式。讲话的人最后高喊："现在，我们对全国现场直播！"随即全场欢呼。围观的人群使我看不清她们采用的是哪种直播方式。她们全部身着水兵舞服装，跳的当然是水兵舞。开始是两个队在一起跳。也许，这是一种礼节的需要。接下来是最精彩的部分，应邀而来的一方，一男一女单独表演,在场的人不会看出两人有六十好几(邀请我来观看的朋友把他们真实的年龄告诉我)。根据她们的介绍,知道两人跳的是水兵舞"慢三造型",抬腿弯腰带有杂技的某种难度,不时引来观众一片惊叹。邀请方要以阵容压倒对方,人员几乎布满整个广场,余晖把她们的每个舞姿染成古铜色,如绘制在墙壁上的古老神话。

按照网络流行的说法,这是一场"尬舞"。听说她们酝酿很久了,但她们不说是尬舞,以为这种说法过于新潮,甚至连比舞也不说,只说是两个队在一起做一次交流。这个说法比尬舞和比舞好听多了。比是要有高下之分的,双方比的结果,肯定有一方要落得不愉快。实际上,比舞是我和那些晚上出来散步的人们的想法。国人喜欢看比武,也就联想到舞也可以比。掌声的热烈与否是裁判的结果,但每个队跳完之后,掌声比之前面的掌声都很相似。

不能说她们跳舞没有比的意识,不然她们不会像比赛那样神情专注,而又把目光不停地微笑着投向观众。她们的脚下荡着风,风的旋荡使浓郁的胭脂味弥散开来。我把这种充盈在我站立的空间的味道,看作她们心灵暴露的装饰物，尽管它没有物的形态。她们真的是在比试一种什么，与自己，也与他人。与自己是与过往的自己，与他人是要寻找同一时空里的参照。于是，她们把内心的复杂思绪释放成一条注满灵魂的彩带，就那么疯狂地舞动着。此时，她们的心灵之窗被阳光照亮，青春开始复活，复活在很久以前的歌声里，还有春风吹拂的草地上，然后停留在体内的每个器官。

舞者是强者，也许她们会这样想。如果她们把用滥了的尼采的话——"每一个不曾起舞的日子，都是对生命的辜负"，再做一次重复，她们会让你无话可说。

广场舞是她们的文化符号，这个符号里包括了文化、觉醒、智慧、艺术和庸俗，但这是强者的符号。在属于她们自己的舞蹈中，庸俗与艺术模糊了界限，说庸俗也对，说艺术也对，或者说庸俗不对，说艺术也不对。也许因为难于辨别，所以才更接近真实，一旦冲破束缚，便呈一种爆发的状态——狂放，燃烧。

当灵魂丢下身体

如果说这是荒诞，荒诞的人是我。起初，我只是有种感觉，感觉我在奔跑，在开满鲜花的草原和蓊郁无尽的森林里，歌唱着奔跑。我时时都获得快乐，说明我的灵魂在为我起舞。所以，我对它无限感激。

这一天，我想象着我曾经想象的一切，包括奔跑，而且我真的开始跑向穿过森林就是海滨的方向。但我在半路停下来，倚靠着一棵树喘息。此时，灵魂已经到达目的地。这个结果很奇怪，后来即使我原地不动，原地欣赏目光所及的风景，灵魂照样跑到风景之外。我知道，我既不能为我的身体做主，也不能让灵魂乖顺于我。这个问题又怎么解释呢？身体如果丢下灵魂可以等候，而灵魂却丢下身体从不回头，直到身体消失。

　　我看见朝霞里起舞的她们,似乎没有受到任何搅扰,灵魂似乎从未离开她们半步。我又一次发现我的虚无和她们的真实。

保健误区

我认为她们走进了误区,尽管她们不以为然。

如果她们(不仅她们,年长的他们也不在少数)的头脑更灵活些,灵活到能与科学相亲相爱,就不会出现我担忧的情况。但她们以为自己没有过错,以为思维的理性并不缺少。

她们也许认为自己向来诚实,从不欺人,也就自然不会有被人所欺的疑防。于是,她们相信广告,相信广告关于预防和治疗之类的一切用语。如果听到某种顽疾被某种保健品降伏,那份欣喜不啻哥伦布的那次发现。了解她们之后,我知道那些对各种保健品热衷的人,都怀有相同的预想——自己身体好,不累赘于子女。这个愿望多么好哇!简单、直白而朴实。可她们的子女并不希望母亲(当然也包括父亲)在保健品上如此花销,即使不让自己分担分文,也要对其难以揣摩的做法予以阻拦。

昨天一大早,一家保健品商店门前排起长长的队伍。虽然也有大爷,但她们占绝大多数。我习惯对这场景视而不见,今天却是个例外,铝合金门上贴着广告——"新到超强预防心脑血管硬化口服液买一赠二",径直闯入眼帘。我曾在一些保健品商店前看到广告,看到被广告吸引的人群。这情形让我想起一位朋友的母亲,她的床下堆积了数不清的保健品,每月购买保健品的开支占退休金的一半以上,每天都要吃上几种,而且天天与人通电话,对服用后的身体状况,做一次不计电话费多少的交流。保健品竟然成为时髦的"救心丹",这现象有点可怕,可怕的不是她母亲一人,据说有一个很大的群体。她们当中也有参加舞蹈队和服装走秀的人。

我似乎看到一种恍惚如蛊的东西,植入她们大脑之后,使她们现出了偏嗜和顽固。但我不是对她们毫无同情,更谈不上有什么义愤。我担心她们省吃俭用换来的结果,会完全背弃她们初始的愿望。

我从来没有"凡是保健品都不保健"的妄断，如果我是持完全否定的态度，我也不会对保健品经销商心存顾虑。再说，我也拿不出任何证据来证明这类东西纯属骗人的把戏。但在我写下这段文字之前，事与愿违的问题已经发生了。

谁也不要把文字的力量看得无与伦比，我绝不相信我写下的文字那么掷地有声，不相信她们一看到这些文字，就会如闻警钟一样蓦然醒来，并使认知上的顽疾得以救治。我很清醒，这是不可能出现的结果，尽管我怀有期待。

看她们狂热地追求，看她们热烈地讨论，我只写我的心情——对她们在关切中理解与不理解的、又不失满满祝福的心情。

没有半句谎言

这次,我没有打断被采访人的话,一直听她把话说完。她的述说很完整,始终在一条主线上延展。虽然与她的许多同龄人的经历很相近,但她对那些含有艰辛的过往,似乎没有抱怨和遗憾。又一想,把她的话整理出来,却不是一篇好文章。因为除了叙事之外,议论和抒情没有一句。

我对此感到非常满意——没有任何情绪的介入最能保持人物和事件的真实。她就是真实的,是真实不虚的人。她当知青昏倒在田野里,在扑救山火中险些被大火吞噬,也是真实的。回城后,她在一家屠宰场当搬运工,后来企业倒闭,下岗回家,在菜市场卖肉,直到七年前患宫颈癌,手术。这是她走过的路,足迹清晰。

客观是真实的存在。客观的东西看不到,就会对真实产生猜疑。比如,她在近几年才开始使用化妆品,虽然令我不可思议,但事实就是那样。她说,跳广场舞的姐妹没有不使用化妆品的。这倒是很好的佐证。那么,之前为什么不使用,她的解释是不习惯也没有必要使用。我相信她的话没有半句谎言!

怀念有时莫名其妙

我说对她们有所怀念,或者说对她们早晚的歌舞有所怀念,别人以为我是犯了神经。她们是带着声响,看到她们时即使走路、逛街、购物,也会使人耳际萦绕喧嚣。但这是我过去的感受,过去我曾对她们感到厌恶,甚至怀有几分敌意。前面已经记录过,我从原地搬到H小区,就是为了逃离,为安放心灵找个幽静的地方。现在,我不仅要离开H小区,而且要离开这个小区所在的城市,但这与逃离没有关系。这是东北一座更大的省会城市,我对这座城市早就熟悉,此行如归故乡。

我的行囊是我采访过的几个人帮助收拾的。我在把这个消息告诉她们之前,犹豫了好长时间,但我还是在手机里分别给她们发了信息。因为我要写的一本书，我不止一次打扰过她们。她们中有的人还给我送过自己亲手煮熟的玉米和红薯。她们之间明显是经过商量的，不然不会一同来到我家。她们为我祝福，我却向她们道歉，把最初对她们的感受都说出来了。说完，我觉得后悔。既然在心里藏了很久，况且现在已经不是原有的认知，何必要在分别时惹她们不快呢！最终，她们的笑声证明我是个多虑的人。这让我对她们敬意更深，甚至离开很长时间，依然有莫名其妙的怀念。

　　有好多事情是这样，当你的想法正复杂得使你不知所措的时候，你正面临的也许是再简单不过的问题。

假设其实不是假设

不管是谁说,她们走秀、跳广场舞包括歌唱团、瑜伽一类的活动没有价值,我都会反对。实际上,我已经批驳了一些人的观点。因为那些观点是站不住脚的,至少是有偏颇的。

我曾经或正在对她们中某些人的做法予以指责。但这不可以泛指,不可泛指她们的行为俗不可耐或悖于常理。我在批驳他们之前,首先批驳了自己,批驳了自己和他们完全一样的看法。现在,我把矛头指向他们,是我反省后的勇气。我们有什么理由,用带有讥讽的眼神去看待她们呢!她们也许熟悉那样的眼神,甚至完全清楚对她们怀有的反感。有趣的是,她们视而不见,或是理直气壮,用她们的眼神回敬他们，像是一场对来犯的阻击。

叫作观念的两副面孔对峙久了，总有一方要回过头去。最早回头的是她们，心里怒斥这帮家伙根本不懂生活，便猛地回过头去，以争取时间为自己歌舞，为自己补偿岁月。后来，他们也渐渐走开，尽管嘴上还不停地发出议论。其实，他们后来也明白，不该对她们如此轻慢、斥责和嘲讽。

我不把她们看作弱势。她们不是弱势，是内心强大的群体。当然，某些人的盲目和粗鄙也会充斥其中。时至今日，呼吁人们对她们给予同情，早已时过境迁。

她们即便平庸，也强于那些损人利己的所谓智者。这样辩解，对某些人可能无济于事，而无须辩解的是她们充满压抑感的过往。假设知道曾经的心理缺失，将导致现实的情感释放，假设知道她们看似疯狂的举动，是在弥补心理的创伤，一切贬损和怜悯都会被赞许或理所当然所取代。

我这样假设其实不是假设。

阅读一封来信

这是我没有想到的。在我到达这个省会城市两个月后,我收到 MJ 女士的来信。她不是帮我收拾行囊的人,那天她在巴黎的女儿家中。她的女儿在那里留学,业余时间担任一个华人合唱团的声乐指导。她来信的地址是巴黎。看来,她还没有离开那座城市。大约是在一年以前,我在与她交流时,曾嘱咐她留意一下身在海外——包括临时出国的中老年妇女的生存状态。来信说明她对我的话很在意,否则不会特意写信给我。

"您对她们的关注,看来是系统的、多视角的,但有一点您应该知道,她们娱乐的主要目的是逃避孤独。我加入附近的一家合唱团,是怕回国后丢失了与姐妹们一起歌唱的感觉，所以我坚持教她们唱歌。

"合唱团里有三个法国妇女，年龄与我相仿，她们教我唱法国伊莲娜·霍莱的歌曲，回去后我要教唱给姐妹们！"

我原打算在我要写的那本书里，最好有她们在海外文娱和健身活动的内容，最好与我在国内看到的广场或舞台上的场面相似，要是这样的话，就会说明她们的生存状态，已经有了某种席卷全球的意义。我知道，这不过是一种设计，刻意而呆板的设计。细想，她的介绍也很不错，她对姐妹的思念更令我感动。

"我在梦里还在教她们唱歌，和她们一起参加歌咏比赛，一次唱出声来，女儿把我推醒。我几乎每天都能收到姐妹们的短信。她们给我的快乐像一个巨大的磁场，时时在吸引我。我会很快回去！"

她们是个磁场，是个巨大的引力无比的磁场。

隔壁的琴声

没有比这琴声再单调的。我立刻做出判定,这是属于钢琴初学者特有的声音!它从那扇紫铜门严实得看不见的缝隙里,从我以为会阻断任何声音的厚厚的墙体里,理直气壮地跳进来,跳进我的房间,我的耳鼓,直至我的心房。几个双休日的上午(下午有时也如此),这声音如约而至。

我知道隔壁学琴的人的身份。她刚刚退休,之前是一家证券公司的业务部经理,少年时,曾随父下放到一个偏远山区整整十年,回城后先在工厂当翻砂工、电焊工,后来考入一所大学的会计专业。她的丈夫在我搬入这幢楼之前的三个月,因车祸不幸身亡了。

也许是她的情绪尚未稳定，要不就是没有弹钢琴的天分。四五个双休日过去了，她弹出的琴声依然如初始的单调，听起来像个刚会爬行的幼儿，呀呀得无比吃力。她乐此不疲于吃力的爬行，怕是她丝毫没有吃力的感觉。

省会城市的人很时尚，她们有精致的活法，其中不少人追求音乐，学习钢琴似乎成为首选。不论她练琴如何对我的写作构成干扰，抑或使我心情烦躁，我还是能忍受下去，直到双休日结束。

我能做到这一点，并不能说我善于包容，而是她的琴声一响，我的脑海里就有个场景浮现———律是钢琴，一律是她们，身着玫红色旗袍的她们，在夏夜的O形广场上弹奏。那琴声如潮水，奔腾，轻缓，氤氲到很远的街口。这是我亲眼看到、亲耳听到的，她们散去，那些纳凉的观众散去，我还伫立在那里。当然会看出来，这次广场音乐会有商家赞助。我却不感谢商家，商家的目光与我的目光投向不在同一个方向。我想的是，说不定在哪个夏夜，在她们的琴声里，会有从她指尖弹出的美妙。

如果她对练琴的效果无所谓，那她的用意就有些秘不可宣。有人自言自语，也会使你觉得非常奇怪，你无法猜测那个人与自己对话时的心理反应，就像我听到隔壁的琴声，并不入耳却又非闯入耳朵里不可的琴声一样，从中根本不会知道她的心思。但可以使我在对她的冥想里重构一个情景。于是，我不知不觉地进入冥想。我习惯以冥想去揣度和认识某个人或某件事。尽管一开始，连我自己也不知道，究竟为她冥想什么，但我还是按照这个习惯，去摸索她情感的真谛。虽然这次冥想已经超越她的现实很远，但即使她在很久以后，依然像今天一样重复单调的旋律和毫无节奏的陡峭音阶，那也不是什么值得遗憾的坏事。

这情景先是具象化地呈现。她把所有的往事和心思，布满了八十八个黑白琴键，然后是依附手指的抽象的灵魂，肆意操纵音锤。它把所有的苦难和不幸敲得粉碎，并瞬间外化于没有芜杂的声音。然后，她的灵魂洁白如洗。

她的琴声没有停止，我的冥想继续。她把大山里裹着雪花的凛冽的风声，以及沸腾的铁水与焊枪的尖啸，还有拌和着哀乐的恸哭全部糅进其中。她的耳际是否有它们的存在并不重要，反正我对此感觉清晰，哪怕全是错觉,也是难得的获取。

就在我准备进入下一个想象的时候,我忽然给自己提出这样的问题——既然是宣泄,为什么非要旋律不可?没有旋律的宣泄是否还有意义?问题一出来,我第一个做出回答:凡是宣泄都不需要旋律,宣泄本身就是旋律。这在钢琴家看来,一定是近乎疯子的话,或者纯属一派胡言。我承认,这是音乐之外的定义,确切地说,是完全依凭我个人的直觉生出的结论,丝毫没有音乐常识。如果不从音乐只从情感出发,你也许认为我的话并不可笑。

此时,听那琴声再不单调,也不僵硬。我开始懂得了她的心思,继而看到她的灵魂若明若暗。她的手指始终紧扣灵魂,让那声音从心房的所有角落里向外流淌,从一个灰色的深处,沿着音阶的指向缓缓流淌,最后在明亮的阳光之下,涌起我意想之外的层层浪花。

就这样弹下去吧!夕阳还悬挂在高处。

野蛮生长的芦苇

越来越广大,向南快要接壤大海了。秋阳下,芦花的深紫色让人诧异——芦花白,在我脑子里它早就是白色。昨天下过一场雨,芦荡清爽得让人想把肺子掏出来,然后用空气洗涤一下。

我不想过多地描写芦荡和芦花,因为我对它们并不关注,就像我不关注明天是阴是晴。只是那一车色彩,倾泻在芦荡的一刻,让我不得不投去惊异的目光。看得出来,这是个旅游团,以她们为主的旅游团。她们操一口与本地完全不同的口音,但我不知道,这口音具体属于哪个地方。她们的色彩比芦花绚烂得多,似乎超出了七彩的颜色。我看到这场景时,有上百种鸟儿在空中翻飞,鸣叫声落在芦荡的表面,产生并不入耳的回响。

她们的笑声如鸟儿的聒噪,证明她们对这个地方期待很久。她们游览的方式没有任何新的创意,始终是个体和集体拍照,并用挥动的各色纱巾渲染喜悦。事情就是这样,单一的色彩尽管也是色彩,但会与枯燥联系在一起,而色彩多得炫目,也不免让人头晕。这种关系很像寂静与喧嚣。

她们在旅游中习惯的表现,不仅是我,似乎所有人都熟悉。但她们忽地出现在北方的一座芦荡里,却不是常见的情形。我不是个喜欢自诩的人,但我确是个联想丰富的人,丰富得有时没有首尾,所以把她们和芦苇联系起来,是头脑里很正常的事。当然,她们不会思考自己和芦苇的关系,不会以为"人是一根会思考的芦苇"是帕斯卡多么高明的比喻。

旅游和哲学无关,和她们更无关联,她们也许都是这样想的,或者根本就没想。她们的脚步刚刚走到快乐与思考的十字路口,连左右的张望也没有,径直沿着快乐的方向奔跑过去。这很可惜,如果她们停下来并俯下身去观察,会听到芦苇的根系窜动的声音,感知它们在被水浸泡的泥土里的窜动中生发新的根系，并向周边向更宽阔的领域伸展过去。这时，她们就会反观自己。但她们的喧嚣和着鸟儿的鸣叫，把它们野蛮生长的呼喊声，全部交付给逆水而卧的泥淖。

生存中拥有太多的束缚，包括一切规则、规定和规章。当然，在必要的秩序下，自由才得以实现，生活才像生活。野蛮生长的它们其实并不恣意妄为。只是这现实中的包容、纯朴、随性，更适合它们生长。

就在她们散落到芦荡深处之际，又一辆大巴车驶来，下车的人群与前车毫无二致。很快，整个芦荡流动起缤纷的色彩。有人亲切地向我招手，让我为她们拍照。我把她们和芦苇一起摄入镜头。一阵欢声响起，顿时向天空散去。

她们的攻略

这未免过于郑重其事。兴趣的东西按照方案的构思写出来,我想她们的脑子并不轻松。不会跳广场舞,也不喜欢看别人跳广场舞,对她们来说再正常不过。

我是旁听者,听她们五人在讨论"摄影攻略"。这件事听起来像是小题大做,或是陷入一种模仿,一种类似于小孩子抓特务游戏的模仿。我原以为她们就是为了一次拍摄,大致规划一个行程的路线,包括从哪里再到哪里,以及何时回返。但她们的想法比我想象的要复杂得多。她们不是对攻略的模仿,而是再严肃不过的攻略。摊开的表格和图标上,有城堡、古村落、G宫遗址,还有对妇女和儿童以及发放救济品的提示,全部被不同时间分割为日程与事项。关于天气的预想，包括云彩、光线和角度，写在一张镶有花纹的卡片上。交通工具、衣服、食物和水，在备注中十分详细。

她们直言不讳，那种对花草和风光的拍摄已经不是所爱，对于历史文化和民俗文化的记录，倒是不能舍弃的关注。而且，热衷于此类摄影的姐妹们，竟然还有三个群体。这些群体令我感到惊羡。她们跋山涉水与登高望远，让近于迟暮的生命在其中经受考验，显然具有挑战性。她们却不以为然，认为那不是挑战，甚至是晚年难得找寻到的快乐。

我还是没有彻底摆脱拘泥于年龄看问题的习惯，所以认为情趣之于她们，已经具有了某种意义，但她们觉得，情趣是再初始不过的东西，只能为自我而存在，为自我的快乐而快乐。当情趣提升为一种责任之后，情趣不仅不会丢失，反而更为浓烈不衰，以至使任何可能消失的景象和人物，都可能被镜头赋予生命的特殊意义。她们中最年长的一位告诉我，她们生命的意义不在别处，就在这个意义之中。

她们攻略之外的话，更像是不可绘制的攻略。

蹦野迪的模仿

　　暮色还在半空中悬浮,夕阳最后的光线早被楼宇吸留,城市的铅灰色使人烦躁不安。扩音器响起的声音,让一种狂暴在暗处突袭而来——怪异而节奏杂乱的扭动,如滚烫的水倾泻下来。

　　与蹦迪相比,蹦野迪可在迪厅之外的任何地方。这是年轻人的游戏,上演在一尊采用凹陷结构的立体派塑像下。她们对此一定会力不从心。但这幻境(在她们看来完全真实)没有使她们因恍惚而迟疑。应该是不约而同,十几个人在那声音里,在年轻人之外,拼力追赶年轻人劲爆的节奏。此时,她们早就把曾经对子女出去蹦迪的责骂,忘得一干二净。

一个早晨三个故事

都是有关她们的故事,发生在这天早晨的四十分钟之内。记录这些事,也许不能说明她们什么,因为故事的角色,虽是她们,却又不同于她们。

把一棵白菜的菜帮择去后要求上秤,卖方以为破坏了规矩予以拒绝。于是,互怼开始。

两个身着市场管理制服的中年男子,被两个衣着鲜艳的老年妇女引领到炸油条的摊点,"就是这儿!不是好油!"两人随即滑入人群。

菜市场出口处人影凝滞。救护车笛声响起,顿时人声嘈杂。三位同是披纱巾的女人,在一位男人的指挥下,把一位大娘抬上救护车。

接连发生的每一个事情都有具体的情节,但我不想把那些情节详细记录下来。那些把情节写进作品，甚至没有情节也要编造情节的伎俩，是对读者的俘虏。我从来没有否定情节在文章里的作用。小说没有情节不是小说。散文即使不需要过多的情节，但情节的元素必不可少。可以说，没有情节的文章，就像流水没有声响和浪花一样乏味。可这三个故事很特别，根本不需要情节。我记录的这些，虽然过于简单，抑或根本不像记录，但我认为这已经是完整的故事。

文学和非文学的叙事，无外乎要使人明白什么，并使人有所爱或有所恨，有所诅咒或有所悲悯。即便没有，记录本身也有意义。

广场如果没有灯光

我假设的目的很明显,是希望广场——大大小小的广场,在夜幕降临后有灯光亮起。跳舞的人和散步的人在晚上都需要灯光,她们更是把它看作亲密的伙伴。

靠没有灯光的黑暗驱逐她们的做法,听起来有些荒唐。夏天到晚八点半,W 公园一带除甬路的地灯亮着,其他的灯全部关闭。她们对这黑暗毫不恐惧,要不她们所在的广场也没有灯光。也许是设计者的疏忽,这个近八百平方米的广场,灯光应该是合理的配置。但她们说不是疏忽,说与市政对她们的态度有关。这态度来自北面几十米的居民楼,因担心扰民曾提醒市政:广场如安灯照明,后果会很严重。

冬季,黑暗早早来袭,她们的舞蹈也变得艰难。

附近的窗户里透出丝丝光亮，之后任凭夜色汹涌。她们还是感谢来自广场之外的灯火，让冬夜的寒冷有些许的暖色。她们渴望夏季，夏季对她们没有影响，但满身的热汗和注入酸感的肌肉，提醒她们八点半应该离开。于是，她们停下来，相互道别。

有些事情，我们害怕想象，其实也不需要想象。没有灯光，广场依旧有广场的功能，熟悉的舞步恰是对灯光的蔑视，不用想象她们也是这样。我又禁不住猜测，她们会有疑惑，会有不满，以及对冬夜漫长的抱怨，只是这些都潜藏于她们的内心。或者，她们对季节变换和对路灯的问题缺少敏感，甚至麻木不仁。所以，在每天的傍晚，在与光明和黑暗无关的时辰，她们准时起舞。

从另一个角度看，暗色调和温柔很搭，让严寒褪色，亦更能藏拙。她们没有被黑暗伤害，反而因黑暗而变得暧昧与决绝。在模糊的视觉里，一切都变得美好起来，包括胆量、魔性与灵性。黑暗是上天的赐予。

听到给广场安灯的消息，她们先是让音乐和舞步同时休止，旋即又恢复状态。那状态却在音乐的节拍之外。

记忆在记忆中复活

我一直关注记忆,关注它在我的脑子里储存的状态,或者说过去的是否存活并存活多少,而当下的是否迅速归于记忆。有时,我以为它在人步入老年的时候稍纵即逝,即便不是,在脑子里也是似有似无。

其实,我没想过我的认知有一天会被谁否定。就在今天,她们的出现让我目瞪口呆。这是一座简陋的礼堂,她们按照抽签顺序先后登场。参赛选手多是满头银发,或是银发染成的黑发。这场活动是从电视里模仿来的,模仿者是参加老年诗词学习班的人。除三名男士外,参赛者十二人都是她们。我有幸观摩,坐在不是观摩席的最后一排,看她们(男人的表现不在我要写的书里)按照提问的内容,把唐诗或宋词里的句子背出来。她们也曾以这样的方式，考问自己的子女或子女的子女，但今天她们被考问了。她们被考的结果，不是淹没在掌声里的得分。分数对她们也许重要，但对我来说，获取它的多与少并不要紧，因为它最容易使人陷入想象的绝境。

我还是先镇静下来，然后再去思索一下——她们的年龄怎么会使自己获取分数，况且这多是来源于我所知的范围之外的分数。这不是一声惊叹就能完结的问题。于是，关于鸡蛋里的卵磷脂和卵黄素，如何在她们的脑子里化为记忆，就成了我心里突生的疑问。想来想去，觉得这疑问远离本质的内核，至少偏离她们内心的坐标。

我判定，这应该是一个大脑里两组神经的重合，即原有情感和情感需要的相互交汇。我不想再深入探究下去了，毕竟这问题令人有些费解。她们的记忆也许与卵磷脂和卵黄素无关，也就是说，记忆和鸡蛋无关。没有人告诉我，她们对于诗词的记忆到底是本来就有，还是原有记忆在新的记忆中得以复活。

我觉得是后者。

清 晨

我经常向窗外遥望。现代的园林和古老的街道都在我的视线之内,晨练的人和也许与晨练无关的人,就在我的眼前,沿着这条街道走进园林的大门。我不能说带有色彩的都是她们,但我肯定,她们身着的色彩总比年轻的姑娘鲜艳许多。

那个大门是一个口子,色彩流进流出的口子,流进去的色彩汇到泛动的色彩之中。她们都被低矮的植物墙体围挡在里面,如一个偌大的彩色的湖,蓄满人间的色彩。渐渐地,其实时间也很快,就在我的眼睛丝毫未觉疲劳的时候,墙体里的颜色开始浓郁,开始跳动、漫漶。但她们各自的色彩,都是化解不开的颗粒,颗粒与颗粒的重合没有化学反应。这仿佛是一片原野上的花海,每一种花都有它自己的名字,只是我叫不出来罢了,就像我对她们中的每一位,除了色彩以外一无所知。但她们都是有意义的,共同代表着纵向而来的时间。

在淡蓝色的清晨里,我看到这些已经感到很满足。因为我曾在灰色的河流里爬上岸,满身灰色,我眼中所有的人都是和我一样的灰色。那时,我记得我和他们都面无羞愧,与男男女女在这条街上行走、奔跑,心安理得地被灰色浸泡。我以为这个世界的色彩都是如此千篇一律,包括路旁破旧的房舍和萧疏的并不高耸的楼房,并且以后和永远都不会改变。我当年走进这个公园,几乎看不见她们的身影。有一座假山,也是灰色。如果冬天来临,我希望它的所有角落覆满白雪。这不说明我喜欢雪的颜色。在我看来,白色和灰色没有感官上的区别,不会给人带来异样的情绪。她们不喜欢,说明她们很懂色彩,懂得哪一种色彩最相宜于她们的内心。

我的内心却有一丝淡淡的伤痛,这是对比造成的伤害。她们人人都身临其境地去某个地方,而此时的我却是一种抵达虚空的状态,无所适从,不知该去何方。我试图通过她们达到某种拯救,也在这样的清晨,来个自然酣畅的逃离,最好在不自觉的状态下完成来自自然的熏陶和培养,而后升华。从那时起,我不得不去想的每一件事,都是对已然形成的认知与观念进行重新洗牌,我不会因为陷入思考而感觉茫然,而是明晰和清亮。我知道我必须重新体验她们,如同她们当初迈出第一步一样。

我的目光还没移开。我的回忆就是一种对比,生硬而直白,没有引人入胜的地方。好在我的对比里有色彩,因此不至于沦为干瘪的说教。忽然想起,今天是周日。昨天在公园门口,看到海报上写着,今天上午九点半有五社区老年妇女旗袍秀表演。

此时,色彩陆续从口子里流出来,流向街道和楼宇的间隙。清晨正被朝阳驱赶,渐渐隐遁在橘红色的光线里。

古董的意味

她们不会去读奥兰普·德古热的宣言,因为她们对她的名字及其《女权与女公民权宣言》并不熟悉。即使知道她,在她们看来,她所挑战的所有权力,似乎都已经陈腐。即便对于中国,也是很久以前的事情。

她们有时对那些所谓女性主义的权利感到可笑。当然,她们也许曾经认为这个问题极其严肃,给自己带来窒息,并身体力行参与过抗争。

梦魇被岁月掩埋。现在,女性主义之于她们,像是具有古董的意味(其实这一理念及其内容并不过时)。于是,在原始的权力之外,在世界上无数人还为之抗争的权力之外,她们获取了超越那些权力所带来的自由和快乐。

男权的拥有者，以为她们冒犯了自己的领域，直到后来，才看清自己与她们并肩站立的地方，是一个完全不可分割的空间。

不予理睬

我没想到,我的想法——为她们写一本书的想法,会遭到一些人的质疑,即使够不上质疑,听起来也并不入耳。

我的内心对她们充满善意,包括许多人没有的理解和同情。我却不止于此,还有赞美。也许就是因为赞美,因为我对她们的行为津津有味地观察,才使他们大惑不解。彼此都怀有不解,事情就陷入僵局。不过我没有反唇相讥,面对他们诡异的笑,我只是淡然一笑了之。但这不是我真实的态度,我从心里批驳他们的私见——她们的精神完全正常,兼具感性与理性,歇斯底里与她们毫不相干。扰民的问题已经不是问题,她们早就严守规定,在社区和市政指定的时间地点进行活动。仍然对此喋喋不休、乱发议论的,只是几个早晚不分的贪睡虫。

关于写作意义的纷争,似乎也没有停止过。提出反对意见的人,当然不是作家和学者,他们的嗅觉会告诉他们,这是一个了不起的题材。我的几位市民朋友,自然对这一司空见惯的现象不感兴趣,他们劝我转移视线,写真正的英雄,写惊天动地的人和事,要么干脆写男欢女爱的网络小说。否则,认为我的写作毫无意义。

我的写作事先只确定内容,从不确定意义。确定意义,意义就不复存在。但是,现在我只能用意义去反驳他们,用内容来辩解。对他们而言,却不会看到意义及其价值。内容毕竟浮于表面,内容里散发的气息才是价值的部分。比如说,我要写树木,它的意义在于森林;我要写黑暗,它的意义在于光明;我要写田野,它的意义在于粮食和生命;我要写冬雪,它的意义在于春天即将来临。我写作的意义就是揭示其中的意义。这样一说,有些人就应该明白,我写她们的意义,不在于她们,而是岁月行走的投影。这样的表达还是很文学,比文学通俗的解释,我还找不到非常满意的词语。

说我喜欢她们是一种变态,使我因蒙受羞辱而感到愤怒。我大声告诉他们,她们曾是你们的母亲,是曾饱受艰辛的母亲,她们有千万个理由,去呈现当下的形态。听到我的喊声,他们知道我愤怒了,他们满脸窘态,默不作声,也许他们真的想到自己的母亲。

当愤怒过后,彼此都心平气和的时候,我还是责怪我自己,责怪自己根本不像个作家。"写作就像修行、坐禅。"娜妲莉·高柏的话说得一点没错。写作历来是心灵里的老实的事,老实得不大口喘息才好。写作不是制造商品,制造商品之前可能需要广告,而写作却不然。所以,我不必游说于人,去为我还没有写作出来的东西摇旗呐喊。

我沉迷于她们是沉迷于社会。空中荡起的喧嚣和地上扬起的积尘,以及从街巷口飘出的琴声和气味,还有汽笛声和行人的脚步声,都是社会各异的形态,因之都会使我沉迷。对于这些看似平淡无奇的事物,有些人不可能看出它们藏匿的深奥。

她们就是深奥的,她们的服饰、色彩、舞蹈、笑容,以及本不该高傲却目空一切的眼神,都是深奥的，都是我要写的一本书里的内容。从现在开始，无论是谁对我说三道四，我都不予理睬，并毫不犹豫地把那些嘈杂于我耳际的声音甩在身后，让它们在漫长的道路上破碎得悄无声息。

　　我坚信我的想法正确无比。我决定一意孤行！

受过洗礼的状态

我忽然觉得自己像心理学家。她在接受我的采访时,加入舞蹈队不到半个月。

她是我的表姐,在此之前我劝她不可因失去丈夫终日陷于悲痛。后来,她按照我的劝说,到我给她指定的舞蹈队里参加活动。我对她的精神疏导,没有带她到德尔菲阿波罗神庙入口处那么费力。她根本不想看刻在神庙石头上的箴言——认识你自己,因为她对苏格拉底一无所知。但我知道她的表现正符合心理学的几个词语,比如心境低落、意志消沉和焦虑,有内心绝对化和灾难化负性情绪。

我的做法有点强硬。因为我不懂精神分析法,即使知道弗洛伊德曾创立八种自我防范机制,具体的每一种也根本说不上来。如果这些被我说得有条有理，对她也许无济于事。就是这样简单，我让她去舞蹈队里学舞蹈。我已经十分清楚，她们在舞蹈队的表现。郁郁寡欢的人加入其中没有多久就变得喜笑颜开的，我竟然也能说出几个人。

她去的那天，虽然做好了衣着的准备，但面容憔悴，心境当然还在悲伤之中。她说她看到她们时很难为情。这完全不出我的预料，任何悲伤遇到喜悦都很尴尬，而喜悦的浩瀚之海把悲伤淹没倒是轻而易举。她讲述的过程，和我为她设计的阶段没有任何出入。她很快从羞涩进入学习，继而在学习中融入集体。她说自己在音乐和舞蹈中忘记了自己。尽管舞姿还很僵硬，但姐妹们认为她很聪明，很有跳舞的天赋。这让她感到意外，甚至觉得可笑。她知道自己在六十岁之前，从来没有过跳舞的兴趣。在一周之内，她都是涨红着脸去跟随她们的舞步。当然，在接下来的几天，她和她们完全融为一体。

这个结果在我的预料之中，否则我也不会让她去往那里。让我最高兴的，不是她和她们如何相融，而是在很短的时间里，改变了她的内心。她言明自己的状态,仿佛受到洗礼,并要成为真正的自己。她的话很像出自罗杰斯的"自我概念",但她不知道他是谁。

兴趣的灾难

这也是我没有想到的问题。我原以为兴趣多了，对她们来说没有什么不好，至少可以把她们的生活充实得像饱满的南瓜。

从一个兴趣到另一个兴趣，可以使兴趣延续一个连环。这也许很有意思。即使兴趣不衍生为连环，也不失为兴趣。兴趣对于每一个人，都是牵引精神的柔韧的绳索。我除了写作之外，似乎对别人以为很有兴趣的东西，表现得十分冷漠，所以爱好的单一性，也并不使我觉得写作苦不堪言。

当然，兴趣有时也像沉重的磐石。这个问题却在她们的身上发生了。我的朋友说，老年摄影学习班里的三个人，同时在没下课的时候跑去合唱团，然后，其中两人在合唱团的活动没有结束时，又跑去参加书法学习班。再后来，她们的丈夫率先对妻子的行为予以指责。她们因兴趣而承受折磨，因为每个团体都不愿意她们成为蜻蜓点水的一员。她们开始听到对自己的责备，感到心烦意乱，感到最初的兴趣正渐渐消失。

我想起一个猎人同时追赶四只兔子的寓言，但那猎人很年轻。

互为反衬

夕阳把最后的光线穿透芦荡,向水面铺展开去,野鸭和与它们差不多大小的水鸟,忽地一起迎向一团火红。此时我再次俯仰湖水和天空,然后向缭绕着柔曼暮霭的远方望去,心境并无旷朗的意趣。我还是对站立船头摇橹的身影,感到若有所思。

其实我已经在思索——在江淮之间的 Q 湖之上,为什么五六十岁的她们在摇橹;身边的她竟然到了古稀之年,为什么还在摇橹。这不是我胡编乱造的情形,不信你可以到 Q 湖去目睹。她们在湖上为游人唱扬州小调,船与船相会就会使她们之间相互打个招呼。黄昏来临之时,她们结束一天的劳作,在余晖里返回自己的院子。

我与她们一同归来,走着走着就散了。沿途风景依然被各种事物装饰得绚烂华丽,和我们去湖区时看见的一样,四周的风光甚至更加可爱。心境的起伏往往与身边的陪伴有关,一个人走,反而多了一种轻松感。走进城市,看见路灯开始闪烁,看见几个广场有她们在起舞,北方人看不懂的那种舞。跳舞的当然不是那些船娘。我想在黄昏之后,她们不会再走出家门,即便出去,也是在水塘边,和姐妹们说说一天里发生的事情,比如我看她时的疑惑,看她摇橹时的好奇,还有我听她唱完一首歌,如何站起来在头撞船篷之后,又不得不坐下来为她鼓掌的样子。回味令我有了足够的欣赏时间,我开始充分咀嚼这一天里的全部热忱。

我的脑子里忽然闪出一个词语——反衬。现在我对这个词的使用有点模糊不清,也可以说,是对快乐和劳动的含义模糊不清。快乐如果反衬劳动,摇橹人的身影就越发高大,反之,广场上的快乐就无与伦比。

危险的 pose

她们的行为怎么会有危险呢？但我看到的一幕，确有危险的存在。我是循着一阵笑声走过去的。她们的笑声爽朗得像是喧嚣。一群人的笑声正送给站立在一道墙上的彩色女人。

这道墙与徽派的精巧建筑相连一起。如果背面的莲花湖不是盛开莲花，墙上的位置恐怕不会成为拍照的焦点。其实，她们不站在墙上，就站在湖边，站在某一块石头的前后，完全可以把满湖的景致摄入无遗。我不能对墙体的高度做何夸张，我只说如果是人，成为一个在墙上初始速度为零的自由落体，落到地面后的情形会不言而喻。她从最低处，也就是从游览的甬路边起步，经过一个梯形，然后再上一个梯形陡坡，最后到达墙体的北端。接下来上去的人，我看得很清楚，也是一身彩装，戴一副墨镜，边笑边颤抖着双腿，最后战战兢兢地站在前面那个人拍照的位置。她把红纱巾举过头顶，旋即打了一个小小的趔趄。哎哟，这个动作好危险。墙下的姐妹们却不以为然，一一如法炮制。她们为了各自的一张留影，为什么要嬉笑不停地冒这样的风险？只有她们自己能说得清楚。

我对她们为了一个pose的"拗造型"，确切地说是"硬拗"的表现，真的担心她们hold不住。对了，这些都是博客先生习惯使用的词语，我一连串地用到她们身上，觉得有失礼貌。况且描写她们，也不适宜选用如此新潮而晦涩的词语。但我还是把这些词语用给她们，我认为描写她们的这一行为，似乎没有比这些更为贴切的词语，尽管她们会不满意我的做法，甚至反感或斥责我无事生非。但我毫无顾忌，谁都能看得出来，我呼之欲出的声音，无非是要提醒她们，先把快乐的马匹放逐于安全的围栏之内，然后一切都可以信马由缰。

不论我如何担心，她们还是如愿以偿了，因为她们最后的笑声真正达到喧嚣的效果,有一种能使之疼痛的锐利感,直到把这段文字写完,我仍对她们的四肢与心灵并不自如的配合心有余悸。

苏 醒

知道她们今天要去演出,地点就在郊外不远的一个村庄。出发的头一天,她们在我居住的小区里做最后的彩排。起初我没有跟随她们到演出地的打算。我脑子里确实闪现过伊豆的舞女,闪现之后立刻就消失了,因为她们和那个故事根本不沾边。再说,我对旗袍秀并不感兴趣,这种表演也不宜面对村庄里的人。

服装设计师的故乡就在那个村庄,她鼓动她们去往那里,是想让乡亲们看看她的服装设计水准。我认为她的想法有点特别。我知道所有村庄里的人,当年只对露天电影有偏爱。他们也许还不知道旗袍秀是什么。听说她们一共十六个人的团队都是老知青,其中有五个人曾在这个村庄插过队。这样一来,此行的目的就不难理解了。

我最终决定，要与她们同行，虽然在外人看来是件可笑的事。这取决于我脑子里忽然生出的好奇——旗袍与村庄交汇的情境，也许尴尬，也许怪异，也许有一阵哄笑，当然不排除喝彩。这对于我要写的那本书，是有用的素材。

我的回忆是在乘大客车返回的路上。我差点笑出声来，这个村庄的观众真是有趣，男人几乎都挤站到村部广场的前排。他们的眼神也很有趣，怔怔地看着她们，眼里满是羡慕，又有些不好意思。露出这副神态的，是那位咧着大嘴、满腮胡须、脖子粗肥的男人。我通过细微观察，发现其他男人虽也目不转睛，但不像他的表现那么可鄙。我预想可能出现的尴尬没有出现，只是掌声不如城里的热烈。表演者对掌声似乎并不在意。她们想的是，如何随着音乐的节奏去移动脚步，如何被人欣赏，尽管她们知道与模特的身材相差甚远。

我在想，她们的表演，究竟会给这个春天里的村落带来什么，让它不再沉寂或是让农民都不再沉寂？她们却不习惯这样思考问题，因为传播与展示一类的意识，还不在她们的意识之内。

我觉得，她们浓妆艳抹的走秀兴致，也许是为一种证明，要不就是为一种解释。但她们找不到合适的语言，于是仅以走秀的方式证明或解释——自己的内心一如春天大地的苏醒，以及青春的身影依然在春天里复现。

我的猜想到此为止。

欢乐没有身份

我在观察她们的时候,有些人以政客的惯性在观察她们。他们与我不同的是,一开始就把目光从她们的面前,投向她们的身后,以至于每个人身后很远的地方。

其实,这有什么必要呢?但他们对呈现于眼前的欢乐毫无感觉,而对她们的曾经饶有兴趣。这是政客的怪癖,是一种近似于喜欢斜视的习惯。不言而喻,她们中的每个人都有故事,美好与丑陋、怀恋与不堪回首、仇恨与被人仇恨的故事,缀满了她们一身,有的成为她们的隐私部分,并很早尘封在心灵的包裹里。如果不是她们主动说出自己的过往,我从不去打听。

欢笑敷在伤痛的表面,欢笑比伤痛还要痛苦。我钦羡她们的欢笑再也没有忧伤,说明她们忘却或淡忘了岁月。但我见到她们,面对她们的笑容,有时依然如面对大病初愈的人,所以我和她们的目光做一番交流之后,就不再佯装关切地询问她们什么。

有人还是不死心,他们要打探她们当年是否有过造反经历,扇过哪个被批斗者的耳光。丈夫的职位和孩子的去向,以及是否有婚外恋,也受他们的关注。他们在广场一角的树荫下,朝着她们不停地议论。他们当中的一些人,也许与她们是邻居。

善意的猜测当然好于恶毒的怀疑,我希望他们的议论不是在议论人非,而是赏评。如果是这样,我宁可否定我的判断,宁可让他们说我神经过敏。

但在事实上不容我否定。在欢乐的背后隐藏着什么秘密,或是隐藏着哪些复杂的心思,也曾是我对她们的疑问。以此类推,我才觉得有人和我一样。这真是无趣到底的问题,仿佛疑问晴朗的天空,到底下过多少次雨雪。

每个曾经苦难或与苦难无关的人,包括富有侦探性思维的人,都不过是昨天的过客。而昨天已在今天消逝，并永远属于昨天。

欢乐并不比痛苦高尚，从某种意义而言，痛苦更接近某种纯粹，更靠近心底最柔软的部位。欢乐和痛苦皆发自内心，无高低贵贱之分。我当然不希望比痛苦更痛苦的快乐肆意蔓延，如果要有痛苦的话，要的也是比快乐还快乐的痛苦。

欢乐没有身份，也不需要身份！要么和她们一起欢歌舞蹈，要么在自己的房间打开一本书看。

戛纳的咖啡

她说她的旅游经历，从参加工作首次得到工资开始。她说她的退休金绝大部分用于旅游。她说只要出去游历就能消除一切烦恼。

退休的当年，她做了肺癌切除手术。之后五年，她游历十五个国家。这次她从欧洲回来，说在戛纳海滨的咖啡馆，花2.5欧元喝了一杯咖啡（她没问咖啡产自哪里）。她说喝咖啡时眼睛始终看着海水和沙滩，还有沙滩上的沙雕，心情的愉悦竟然前所未有。

我对她的描绘心生疑窦。但她反复说就是这样的心情，让我不得不信以为真。在很短的时间内，我还是猜到她兴奋无比的诸多理由。其中之一是猎奇的结果，使她获得了对未知的已知，并已知自己有一种能力，已经超越曾经的所有风景，尽管在事实上，曾经的风景也许不逊于那里的一切。她在端起咖啡眺望的瞬间，对能力幻化的现实看得十分真切。于是，在无声无息之中，她满血复活，过往的伤痛不复存在。

我想，还有为她生命助力的另一些隐秘，可能还在她内心的某个角落沉睡，连她自己也没有发现。

于是，一不小心，走进陌生的大陆，或者说是走进了一个救赎之旅。听她娓娓道来，我不自觉间也觉得自己走进了一段陌生的文明，我想起了法国的巴黎，想起了日本的京都，想起了西班牙的巴塞罗那，想起了意大利的那些古老的城市，想起飘荡在那块大陆上的灵魂，想起可以触及心灵最深处的一些东西，爱与恨、纯洁与邪恶、快乐与痛苦、毁灭与重生……在自由散漫的情怀中，都不成形状，淡若烟云。这种历史与现实的撞击，能让我最浅薄的思想也厚重深刻起来。

她说电影节刚刚闭幕，金棕榈奖落在谁手，与自己和结伴而行的姐妹们的心情没有关系。

指挥却不能歌唱

PM合唱团声名大噪,我应该访问团长。我知道她只能指挥,却不能歌唱,但她并不是不会歌唱。

我清晰记得,她在中学时代是抢眼的校花,在全市中学生歌咏比赛中,还获得过第二名的成绩。她与我同年级却在隔壁的班级。发现我暗恋她的并不是我自己,而是我的几个同学。他们发现我一见到她就脸色通红,并用目光送她很远还站在原地不动,就开始朝我哄笑,直到这时,我才知道我喜欢她。她对我表现得很平淡。有人传出她的梦想是考入音乐学院,专门学习声乐,将来站在舞台上为观众歌唱。

我把她的背景和她的现在联系起来,就可以看清她为自己辨认的目标。她为什么不能歌唱,为什么不能歌唱还要做指挥，早已不是她的隐私。昨天去省城最大的一家医院之前，她像过去一样，向姐妹们说，她要去做食管癌术后的第五次复查，并说很快就会回来。

合唱团的歌声继续回荡在废弃的厂房里。这是她当年工作的车工车间，就在 F 社区的对过。我当记者时特意来这里采访，目的是想见她一面。她看出我是她的同学，但并不亲热，含蓄地微笑之后，挪动着怀孕女人才有的步子走开了。我把她看作生活，一个正常女人再正常不过的生活。但我没有失去对她观察的兴趣（不是想写关于她们的一本书才有的兴趣）。在全市职工文艺会演的舞台上，我还为她的独唱获得金奖热烈鼓掌。

我没有把她写进一本书里的想法，因为我在最后放弃了对她的观察，因为她组织了合唱团并担任团长，并在食管癌手术后依然当团长，我才重新把目光投向她。这时手术的后遗症已经使她发声困难，是完全气流的声音。我和几个同学曾来过今天的排练场，近似偷窥的行为让她感到可笑，但听不到她的笑声，她站在前台向我们亲切地招手，然后把一只手放在嘴角,意思是请我们观看但不要喧哗。

我内心一直有一把重锁,它也许曾挂在她的心上,后来她抛了出来,无意地抛给了我,但那开锁的钥匙还在她的手里。所以我只能凭借想象了解她——她打开喉咙没有声音,而她的口型一定是在歌唱,她的手势与口型的配合,就会使合唱团的灵魂猛烈地燃烧。当然不会如此富有诗意,只是她的痛苦最终锻造成为坚忍,并在最终淬火的一刻,一切都灰飞烟灭升腾而去,我观察的结果和我想象的完全一致。我心里的锁自动打开,随即抛向歌声飞去的方向。

尽管她对我要写一本书的用意一无所知,但我可以认定,如果把她写进我的书里,她会是我书中最好的人物,一个在苦难的轮廓上镀满金色,在手势和指尖使生命之水汩汩流淌的人物……我现在对她的感觉完全属于喜欢。我应该补充一句,我在心里的描述,与暗恋的感觉没有关系。

其实,谁也不会说我有这种感觉和这种关系。有时,自言感觉已经消失,那恰是感觉的存在,如同说不再思想,则又是思想的开始。我没忘记过去,是因为现实常常对过去触碰或抚摸,以至使过去的美妙再现，或痛感复发。

虽然厂房里还有两台机床置放在墙角，墙体的颜色斑驳陆离，附近的破旧房子已经贴有拆迁的公告，但我知道这就是生活。生活从来都无法完美，并在其中不停地改造，一如她无法使自己完美，却又不停地付出代价。

于是，我有意倾听那一次车床的轰鸣，转而倾听合唱团响起的和声。

快乐的无奈与悲催

意外的发现使我并不感到意外,因为在预料之中,却又在我认为的情理之外。

早晨八点半到十点半之间,她们各自哼着并不标准的儿歌,手里领着或用车子推着自己孩子的孩子,聚集到 S 小区的林荫路两侧(不是寒冷季节的无数个小区都有同样的情形)。下午三点到四点多,还有晚上七点之后,也是她们带着孩子相聚的时间。

我毫不隐晦地说,这个看起来老幼偕游的现象普通得有些突兀。如果我说这现象可喜可悲,可悲的人就会触电似的回避我的话题,脸上即刻佯装喜悦。那么,这样当然很好,那就对她带孙儿的快乐来一番恭喜。这话从我的嘴里一说出来,她却是满脸的不悦,或是给我一个白眼。此时，我从她看似双重心理的反应中，可以确认她的可悲是真实的。但她不情愿接受这个真实。因为"天伦之乐"这个成语，最早抢占了她意识的空间，尽管劳其筋骨，却也不能把无可奈何或非做不可的事情归于可悲。

无奈与可悲确有不同。无奈不一定可悲，即使在可悲的边缘，毕竟不是可悲，即使看出与洋人做法完全不同，也不能说是国人的悲催，即使还要乘风火轮去孝敬自己的长辈，也不能把对孙儿的善待看作分外之事。

她们看似快乐，看似把热情注满全身。在并无朗照的天空之下，她们彼此夸赞自己孙儿的聪明，甚至把某一次并不超常的反应，当作天才般的灵光喋喋不休。我对她们给予的尊重，源于我外祖母对我的抚育。所以，我从不胡乱指责她们炫耀孙儿的低俗，其实也不属于低俗，只是有一种寄托来得猝不及防。

我想她们不能不羡慕早晚肩披纱巾、把自己打扮得民族风劲吹的人走向广场，也不能不羡慕那些时不时就发来旅游照的姐妹。但眼前的情景是，她们看到孙儿的笑忍不住笑，看到孙儿的哭却急忙以笑对哭。

这好像是一种方式,别无选择的唯一方式。

她们好像乐此不疲。我对看不准的事情,习惯采用"好像"一类的副词去揣度。

我对我不可思议

我说过我学习舞蹈的事，只是加起来也没有半个小时。L老年活动中心一直盼着我再次出现。她们几个人常年在那里教人跳舞，教男人跳舞她们的兴致也许更高。男人的心理，都有被女人喜欢的需要。这种需要来自心理，来自心理的虚幻和感觉上的真实。在那里，我真的会成为宠儿。

时隔许久，我才把那次的经过写下来，因为我觉得自己有种难以启齿的恍惚。她身上散发的不是固有的老年气味，而是我熟悉的茉莉花的味道。她的手一点也不粗糙，绵软得有几分如姑娘手指的娇柔。就在她拉起我的手，教我如何迈出左脚的一刻，我似乎心不在焉。也许我受到触觉和嗅觉的扰动，并让它占据了我神经的某一部分，所以一旦回忆起来，脸上就有一点涨红的感觉。我一直为这个时刻感到匪夷所思。除我以外的男人，是不会把这种感觉说给别人的，他们害怕被人笑话心里长满花草。

我对这一时刻的感觉不可思议，是说我根本不会怀有邪思，这与我的年龄也没有关系。我学舞是带有探秘意义的行动，虽然不在舞蹈本身，却也不在她给我打下何种烙印。但我还是忌恨我的感官连一点贵族气都没有。

我的感觉像是对她有所伤害，尽管她根本不知道我的感觉的由来。所以她是认真的，她看出我的笨拙却不肯放弃，是让我必须喜欢她们的舞蹈，从而对她们的内心给予一份理解和称道。她就是这样想的，至于香水的味道，与她的手指一样，都是她不可拒绝的。她身心的一切都在舞中。

当我回过头来，喜忧参半地再去找她学舞的时候，她的眼神依旧充满惊喜。

视力矫正

如果只是由于喜欢,我绝不会为她们书写,因为她们的行为并不在我的兴趣之内。如果书写她们是为了一种猎奇,她们的身上实在无奇可猎。如果写她们可以打发时间,让生命的注意力转移到有益于生命的方面,她们对我来说似乎无济于事,甚至与我无关。

我书写她们,是为了矫正一些人的视力,使他们目视她们时的屈光恢复正常。

吝啬的行囊

她们是勤俭的创造者。很久以前,她们就创下了勤俭的纪录。这早就被世人所公认。

但节衣缩食的结果使她们陷于悲苦,尽管她们不一定认为和悲苦有关。事实就是这样——她们整天困于狭小的天地,情愿或不情愿听闻锅碗瓢盆碰撞的声响。后来,她们终于发现"井底之蛙"与自己正在发生某种联系,并在这种联系中看到自己的不幸,于是渐渐觉醒。

她们打破疏离不群的僵局,结伴四处周游,这该是一种觉醒。她们的周游路线如一种信号的发射,在一个原点向外扩散,几百里几千里几万里地延展开去。我看这是欲望的另一种隐秘形态,一次次发散后又回到原点，然后又被欲望发散出去，循环往复。

我最能体味她们离开自家炊烟时的心情，也许我体味到的和她们的心情并不完全一致，除了发散心情还有牵挂，以及对拿出积蓄用来花销产生的不舍。

她对这次出国旅游思虑很长时间。之前，好多姐妹一退休就实现了愿望，而她和身边的姐妹却还在犹豫不决。现在她们就要启程，十天的行程对她们来说不是时间问题，而是每一个日夜里的开销。她们按照一次性付给的费用，反复掂量着行程的分量。其实在此之前，她们就反复掂量几次了，致使愿望和费用之间较量很久，庆幸的是愿望占了上风。这个结果一出现，费用却一直于心不甘。后来还是愿望充当了安抚费用的角色，并且富有成效。

如果不是一位同事讲述他姐姐的情况，我无法知道她们会为一次远行纠结再三，当然我也不会知道那些具体的细节。比如，她们每个人的行囊都装满同样的东西，其中携带的衣服，都是民族风的色调和款式，面料是化纤或雪纺的，是她们平日里走在街上的穿着。黑色的裤子对"拗造型"是有利的，当然要带上。再比如，方便面、面包、咸菜要有足够的数量，带去焖烧锅和电热锅，连同小米和挂面一起也很不错。她们一般不说是为了节省，这种表达显然有吝啬的嫌疑，说是西餐不适合自己的口味，倒是有智慧的说法。接下来的事情，她们对花销的问题就不可回避了。

我始终改不了这样的思维，就是喜欢猜想：异国风情在她们眼前呈现的瞬间，她们的老人和孩子以及孩子的孩子，都可能在眼前呈现。这个呈现无疑对她们有强烈的提醒，或是让节俭的惯性突然加速，迫使她们继续节俭地走完全部行程。我的内心还是禁不住一阵酸楚。因为她们一定是这样——参观罗浮宫一张门票25欧元，于是她们开动脑筋，马上在心里兑换出200元人民币，然后脑子里出现200元人民币能买到的食物，比如可供一家人多少天吃的蔬菜，或者可买回多少斤猪肉和牛羊肉。谁都知道罗浮宫里的藏品举世无双，如果不看也没什么了不起。在塞纳河上不乘一小时的游船也没什么了不起，35欧元省下来，可以乘几次高铁。红磨坊的歌舞表演145欧元，倒是了不起的价格，可不去观看，似乎把这笔钱又赚回自己的手里。

我想她们一定是这样，这样一想她们一定会心平气和。她们当然不虚此行，所到之处，独自留影或者合照，已经满足了"到此一游"的所有条件，心理就自然得到满足，然后发到朋友圈获得许多点赞，终于笑容满面。

到此，我还要致敬她们的行囊。

归还与藏匿

我的大脑时刻分拣关于她们的庞杂信息，分拣的结果是毫不吝啬地把属于她们的美誉归还给她们，把那些斥责为粗鄙、贪婪和无知的毁骂毫不犹豫地藏匿给自己。

关于一个词语

我在前面的描写里,好多次使用这个形容词。现在我觉得,使用"喧嚣"来形容她们的声音,犯了词汇选择的错误,至少是有失偏颇。总之,它与现实对照,似乎不是现实,而是错误的听觉。

喧嚣是什么呢?我冷静下来之后,脑子里就产生一个意象——一个笼罩在城市上空的沉沉的黑色物体。这个物体压抑了城里人的心境,抑或可能有撕心裂肺的现象即将来临。不仅对我,对所有的城里人来说,喧嚣是可恶的东西,是城市的敌人和心境的恶魔。

我好像说过,没有人能辨别出喧嚣里的声音,哪一种是属于机械的,哪一种是属于车轮的汽笛的,还是属于人或宠物，包括与来自郊外的风有多少关系。一切混合而成的东西，都因个别与个别的融会变得模糊不清。那么，既然是模糊不清的存在，就不能专属某个群体，也就是说，喧嚣不能专属于她们。

我的逻辑像是为了一个论证，所以我的思维也像是为了她们才有的设计。其实，我不是牵强附会套用某个比喻，来证明我的认知正确无比。她们不需要论证和证明。无论喧嚣与她们有没有或有多少关联，对她们来说都无足轻重。即便说是她们的喧嚣，她们也不会因为喧嚣而放弃欢乐。

为一个词的争辩似乎也很无聊，但我觉得凡是与她们有关的事，对我而言都是有兴趣的事。同时我也不拘泥于兴趣，一直在兴趣中保持冷静，并对有辱或是偏离她们实际的词语，愿意以一种合适的公正的态度予以匡正。

所有的声音被放大到某个分贝，都有喧嚣的意味，当然也包括欢声。我发现的喧嚣是来自主观的，是喧嚣者的意识在悖逆中徒长，并以声音宣告当下的城市就是永远沸腾的城市。没有哪个城里人不渴望宁静，他们绝不想在一天的喧嚣里走出来，还置身于喧嚣，一如没有人从闹市里走出来还想回到闹市喝一杯咖啡。宁静对他们来说，其实对每个人都是一样，都可以安放心灵。正因为如此，它很稀缺，才成为一座城市的奢侈品。

我凭主观的解析是，喧嚣里注满了嘈杂与吵嚷，注满了对抗性的情绪，以及那些令人不可回避的污浊。这些倍受厌恶的缘由，在属于人的和非人的行为中，日益演化为更多的成因，以至于使她们陷入其中。

但是，我说的一切都是为了这个语气转折后的说明——她们的行为，在舞蹈中歌唱与在歌唱中舞蹈的行为，不是与城市为敌，不是非要制造噪声的效果不可。她们纯属为了心情而歌舞，所以她们的声音属于自我和内心郁结的释放，属于快乐或欢笑。对于这一点，凡是用心观察她们并不持有任何偏见的人，都应该与我的结论相一致。事实也是如此，她们听这样的声音，从来听不出有任何刺耳的感觉，而且梦幻似的怡情、愉悦，陶醉其中是很自然的状态。

一切声音的性质都是心情的确定。所以，听觉似乎不是来自耳朵，或者说心情才是耳朵。除夕的爆竹声和孩子们兴奋的呼喊，被烈焰烤焦的土地突然传来雨打的轰鸣，观海时波涛一次次拍打海岸发出的巨大声响……都远离了喧嚣的含义，因为我渴盼和喜欢那些个场景。

如果心情在喧嚣里沉溺，一切声音都是喧嚣。她们之所以听不到喧嚣，是因为她们的心情始终在欢愉之中。这是多么好的心情呢，就这样保持下去，一直保持到永远，一直欢笑到永远。她们一定是这么想的，一定早就没了喧嚣的顾虑，或者这个顾虑从来就没有出现过，否则别人认为的喧嚣早就戛然而止了。但这个词语还是有辱她们，虽然她们对此并不在意。

我开始意识到，我曾不止一次地把她们欢笑时响起的声音视为噪声，是对她们曾经的昏睡和今天的觉醒麻木薄情。现在，她们在我的意识里完全是彩虹般绚烂，她们的歌舞有如天上飞来的美妙，而伴随她们的声音似乎来自天外。她们的一切取代了我生理的种种不适。于是，广场上根本没有喧嚣的回旋，无论早晨还是晚上都没有了，虽然她们依然在那里载歌载舞。

喧嚣在哪里？它在我的视域里走远，最终消逝。

只要欣赏，就没有喧嚣。

微笑着争吵

她们与几个评委的争吵,从舞蹈比赛的大厅延续到大厅的门口,双方都没有出现我说的结果。银奖与金奖相比,在她们看来分量相差悬殊,尽管知道这个事实不可改变。她们都面带微笑,评委们也笑容可掬。

我看到的争吵从来都带有愤怒,至少掺和着不满的情绪。争吵的目的是要让对方理屈词穷,甚至俯首致歉。现在的情形是,双方都互不致歉,笑容却始终挂在脸上。

她们表达愤怒或不满的情绪,竟然以微笑作为遮阴的阳伞。这个现象很奇怪,奇怪在本是错位的东西,却能变得浑然一体。

装束解析

不仅是我，任何人也不会想到，她们的装束会是今天的样子。多少个朝代过去了，那时与她们当今年龄相仿的她们，对于穿着的鲜艳，是一个遥不可及的梦。鲜艳属于女人，而女人却浸泡于男人的灰色里。时光的颜色也是灰色，或者是与灰色相关的颜色。

饥渴色彩，一如真实的饥渴，当今遇到了美味和饮品。当色彩被今天的她们所捕捉，成为她们最喜欢的颜色，她们开始让自己的服装变得绚烂。我总是觉得，这些色彩有洪水泛滥之势，澎湃成潮，带着汹涌的意象。没有人能阻挡它的来临，一如阻挡不住五彩阳光。

服装的色彩都是心灵的折射，并已嵌入城市的肌肤。无论如何,她们觉不出自己与这景观有某种联系,甚而在景观之外观赏景观。她们以女人特有的目光,沉湎于对鲜艳色彩的迷恋,却从来不想与一座城市勾连什么。她们对色彩的第一反应,想是让自己喜欢,同时姐妹们也喜欢,至于是否会得到其他人的称道,根本就不在她们的意识里。

对于她们来说,金钱和她们喜欢的色彩并不在同一个维度。也就是说,不是消费越高,越能使她们青睐某种色彩。奢侈品店里一般看不到她们的身影,即使她们在那里出现,也是出于好奇心打量一番而已。因为她们与奢侈的距离很遥远,或者说她们对奢侈品毫不倾心。城郊的大卖场倒是她们倾心的地方,那里有可供她们选择的可心的衣料,而且价格也很便宜。她们的生活离不开便宜,比如买菜和其他日用品,当然包括自己的衣着。

于是,大卖场如一处水草丰美的湿地。一说湿地,就不妨响起鸟群响亮的鸣叫。但我的联想没有把她们比作鸟群的意思,我只是有一种感觉,感觉她们三五成群地在这空间里旋转,停下来后又旋转,最后在某个柜台前扎下来,仿佛鸟儿飞起飞落的样子。

其实,她们对衣料的选择十分精心。化纤的面料结实耐用,且抗皱免烫,穿这种布料做的服装最便于出行。所以,在她们的衣着里,这种面料一直受到她们的喜欢。轻柔的雪纺纱料是必须选的,穿着用雪纺裁制的夏装不仅再舒适不过,而且在飘逸中使女性美展现十足。她们认为,身体的肥胖与否,对女性美的要求没有影响。起初,她们在影视里和画报上认识了飘逸,后来飘逸在生活的微风里招摇,并在心上荡漾涟漪。

我说的是她们经常说起的面料,至于色彩和图案,她们的选择完全依照了本群体的审美,尽管她们钟情的色彩和图案常常受到旁观者的诋毁。这对她们没有什么作用。世上的美与不美,都是肉眼的好恶。

墨镜是个好东西,可以遮挡眼角的皱纹,可以保护眼睛,炫酷也必不可少。所以她们喜欢戴着墨镜结伴同游,即使一个人在街上行走,也是要戴一副墨镜。夏日里,帽子是防晒用品,如果选择样式好看的,既有防晒功效,又有时髦的意趣。纱巾我已经说过几遍,她们钟情的色彩以红绿黄为主,是七彩里耀眼的色彩。

贵重不属于她们装束里的元素。出游时使用的旅行箱,都是廉价的旧物。事实上没什么不好,用绳子在箱子上捆绑出一个"井"字,便不怕磕碰。

裂　变

好像就在眨眼之间，广场舞类的舞蹈在广场和够不上广场的地方多起来，我很佩服她们的号召力。后来我发现这一现象的奥秘，是一种裂变的效应。

我访谈过的几位舞蹈队的领队（有人也叫她们队长），起初并不是领队的身份。她们都是作为普通队员，从那些舞蹈队里毅然走出去的。她们原本与其他姐妹一样，虚心向领队学习舞蹈。就在自己的舞姿混同于他人，使个性完全融于整体的时候，她们开始萌发一种欲望——似乎绝情的背叛的欲望——她们有十足的把握，与领队分道扬镳，单独组建属于自己的团队。

在这种情况下，她们事先都不想表达什么，因为无论如何，都是令领队和同伴不快的事情。忘恩负义的愤懑，或是难以言说的情绪，也许会在领队和同伴的心里突然滋生。她们终于成了各自队伍的领队，也成了自己原来领队的"仇人"。也许就在不长的时间里，在一个新的舞蹈队里，又会有人仿效这种做法，独自带出又一个队伍。

作为旁观者，我看她们的做法有如核裂变时释放的能量，从城市中心径直向四周的空间延展，数不清的舞蹈竟然在傍晚随处可见，像是物理事件一样令人不可思议。

我的思维时常会被一种破碎的现象所牵制，习惯忧虑一朵云被风吹散之后是否还能相聚为云，精神的瓦解什么时候还会成为精神，甚至一个美梦的破碎，在将来的哪一个梦里重现，我都会挂在心上。对于她们从一个点的离开而到另一个点，以至无所休止的行为，我发现尽管她们在聚散之间结下了恩怨，但她们在相互排斥中又保持相互吸引，后来彼此切磋，再不计前嫌。于是，她们依然如一个整体，却不是裂变的含义。

同一性

她们的装饰和色彩具有同一性,拍照时的动作造型具有同一性,说话方式和声音具有同一性,幸福的感觉具有同一性。她们的生活形态和社会形态中的某种形态具有同一性。这一切都因为她们的身世和目光具有同一性。所以,她们之间的比较似乎没有比较,而她们分布于社会的天空之上,每个人却都是差异性的霓裳。

审美的执迷

她们的审美到底是不是个问题,或者说她们有没有审美,我听到一些人的议论,对她们有所批评甚至带有贬损。她们的浓妆艳抹,是招致这种舆论的主要原因。我知道这是一个虽然涉及审美,却又不是审美问题的真正含义。但是,最能让人联想到关于她们的审美问题,不过仅此而已。

我的审美历来不属于懂美学的一类,用我的审美审视她们,同样感觉她们的审美不可捉摸。审美当然是主观对客观之"审",然后通过主观意识和情感对审美对象做出判断。这个过程对于她们来说并不复杂,所以她们作用于对别人的审美来审视自己的时候,也就忽略了许多过程和细节。她们对脸部的化妆，就是由此带来的对美的有所偏离。

我对女人的化妆很好奇，尽管没直接看到哪个女人在我面前化妆（我的夫人从没有化妆的习惯），但我听过当下年轻而富裕的女性有过这方面的交流。这些人的交流像在讨论一个工程，进而讨论工程里极其复杂而缜密的工序——洁面、补水，涂精华液、乳液、隔离霜、粉底霜，再涂定妆粉、腮红、眼影、睫毛液、画眼线、眼影也不可缺少，之后抹好口红……才算过程终结。女性会为自己的一张脸毫不吝啬，而又一丝不苟。

我知道自己似懂非懂，我确实遗漏了许多环节和细节。

在她们看来，这些简直烦琐极了。其实也不是烦琐，是过度和奢华。她们没有过度的耐心，也看不惯奢华，并且也不会为了容颜花去大把的钞票。多少年来她们熟悉的化妆品少得可怜，对名目繁多的乳霜液水之类的东西感到陌生。但是，她们对美从未舍弃，或者说再不会舍弃。在如此的矛盾之中，她们干脆对那些本属于装扮美的元素忽略不计，跳跃性地拣选了其中必不可少的部分。这好像要画一幅中国画的女人像，只有红唇、粉腮和黑眉这些点的标记，而没有线与面的融合，更没有那些近似于皴法的连带性、过渡性涂抹的技巧，所以她们的面容不能因为化妆而变得多么俏丽。

我的发现是，她们不是非要浓妆艳抹不可，而是没有不通过浓妆艳抹就能让自己美得恰到好处的能力。这在别人眼里，她们的形象会很不自然，或与时尚的潮流之美格格不入。但她们没有这种感觉，反而对自己概括式的做法很喜欢，因为与当年的素颜朝天相比，自己的妆容仿佛是有宫廷式的意味，所以连周边的风景、建筑和环境也不必顾忌。既然姐妹们也和自己的妆容相仿，那一定是彻底的只属于她们自己的流派。

彩虹是雨后的产物。但她们画眼影和眼线是同时的，没有因果，只有仪式感，虽然不一定要参加某个重要的仪式。她们在审美中反射于自身的比远山更显黛色的眉，比花朵更艳的唇色，比羞涩更深刻的腮红，似乎都有岁月的光影晃动在眼前，也似乎都在提醒自己时刻不能忘却对往日时光的追怀。

于是，她们的审美成熟了，并有了经济的、简省的、不随波逐流的特质。

我反对任何人把自己的审美强加于人。有些人的目光在触及她们的同时,固化于自己的铁一般的观念硬壳,虽然受到猛烈击打,但那回声过后,他们依旧恢复原有的意识,以为她们始终站在审美的对岸,而她们认为,站在审美对岸的恰恰是那些人!

写到这里时,我想到了凡·高和他的《向日葵》。当我第一次仔细观赏他的画作时,觉得那些向日葵都无精打采,甚至有些枯萎,它们更像生命在干枯之前最后的挣扎与表演,艺术家却给凡·高的向日葵太多的意义负担。我的感受反而偏向科学家,是他们揭示凡·高偏好黄色,可能是服用药物而引起的色觉偏差,从而把凡·高还原成一个普通的也是真正意义上的人。

她们是普通的,她们的审美也源于普通,尽管根本不存在某种可比性。

如果纯朴被欺骗

我一直执拗于纯朴与愚昧的不同,事实上它们也不同,是两个意义完全相悖的词语。我认为它们应该是独立的,毫无关联,互不干扰。

事实上它们并不独立,有时竟然互为一体,像是我们都知道的有两种颜色的一条河,最终变得不清不楚。虽然我对这个事实矢口否认。

我的隐喻是说她们。我在网络上看到的事情,让我唏嘘已久,如今却又发生在她们身上。她们因一次舞蹈比赛获奖,很快接到远方的邀请,答应她们诸多渴望得到的条件。我不想详细写出那些条件如何带有诱惑性,只是写到她们去那里友情出场做一次演出,然后由邀请方免费提供几个主要景点的旅游，再后来有人逼迫她们购物，邀请方的人早已不见踪影为止。

她们对待此次邀请，脑子里没有那么多的疑问，一如平日对待生活也没有疑问。因为纯朴在她们的心田早已深扎其根，而纯朴和善良相伴而生。我没有理由责备她们，一如没有理由责备我买过多次假药的母亲。

如果纯朴被可恶的欺骗所欺，任何对纯朴的抱怨都显得可恶。正因为如此，我听她们讲述这个噩梦似的经过，只回以淡然一笑。我几次想说她们愚昧，说她们根本就没长脑子，甚至还有比这更难听的刺耳的话要说出来，但转念一想，我不能这样说她们。

其实，她们也不会因为有人这样说，就对自己的纯朴产生怀疑，她们可能会反驳我，为什么不对邀请方充满仇恨！难道他们不是比愚昧和愚蠢更可恨吗？她们如果对我这样发问的话，我将无话可说。

她们无疑是纯朴的，纯朴得像是无树生长的山峦不可掩饰。还有的比喻，对她们也许合适，比如狼群向一群羔羊高喊，它们身边的水草最丰美，羔羊如果信以为真，后果一定不堪设想。尽管她们绝不会有羔羊的思维，况且我并不否认她们对自己的认知，但在我的潜意识里，还有愚昧这个词语闪现，只是在瞬间就消失了，随之的忏悔却油然而生。

两个细节

我看不到她们成群结队的身影,因为她们热衷于此类的行为不需要呼喊雀跃。当然,有时她们的形迹也在我前面写到的不同状态的人群里。

对于股市的参与,她们从来都怀有热心或存在偏执。这种热心和偏执,某一天就兑换成为笑容或眼泪,然后在某一天,她们用笑容述说欢欣,用眼泪倾诉悔恨。我听过两个人讲述一个故事——关于自己在股市上的大幸与不幸。她们的回忆冗长而复杂,使我根本看不清,她们言语的组合,分别是一个完整的过程。这个过程充满了股市的专业词语,像是星辰般繁多。我只记得,其间难以掩饰的得意忘形和捶胸顿足的反应,大概就是这两种反应,应该是她们全部故事里的两个细节。

我不再说她们的故事很有文学性,因为我已经说过她们很文学。不过,现在她们大都变得格外小心,借助微信群的分析与议论,使她们大伤脑筋而又茅塞顿开,那些属于文学的要素随之大打折扣。

书写的价值

我的思绪凌乱不堪,因为关于她们的消息和我目睹的事实,总是带来毁誉参半的评价。我一时不知所措,无法处理文字的表达与她们的关系,即使她们对我的言论未置可否,那些顽固不化的偏狭的观察者,也会给予我无聊的嘲讽。但我觉得这也许就是我要书写的价值。

无论对人还是对事,观察越久,或许越会有陌生感,固有的河床也会一天天干枯、龟裂,渴望上天的雨水。我对待她们的态度,与我在书中能够给出的未来并不明朗,我把自己的思考纠缠进去,往往会使逐渐清晰的东西变得更加模糊。时间和判断都是一种线性形式,无法固定,强硬地固定终究会被改写和推翻。构筑文字需要和动用的资料是什么？是轻而易举看到的，还是躲在门后或某个角落的？有时，我觉得我要捕捉的东西就在一扇门后，它默默地等着我开门。我似乎能听得见脚步声，踩在地砖上，踩在淤水的路面上，踩在烟头或果皮上，踩在繁茂的枝叶里漏下的阳光中，每一步都踩在了我的心跳上。这声音时远时近，令我找寻，欲罢不能。我极力想获取关于她们更多的材料，可又觉得不可信，就像一辆开错了方向的车。车窗外出现了意想不到的河流、柳树、草地和羊群。我就这样陷入迷茫，从栖居地到一个风景和另一个风景。我心中的基建模型早已不是开始的样子，它更加抽象，就像未来可能是一种迂回，我需要的也许是一种往回走的姿态。

信女的经声

我很少去郊外的F寺,因为我没有超尘的心境,所以也很少见到她们。这次纯属偶然,但我为这次偶然刻骨铭心。

古寺进入深秋,庄严的面目如洗,远远地透着微寒。她们把一条青砖路上的落叶踩得沙沙作响,最后在门前的台阶上留下清晰可闻的声音,接下来就悄无声息了。我看这很有仪式感,是近似于走进庄严的情境。

我在城里的时间太多,对广场一类惯常的行为熟视无睹,而看到她们却觉得是一种发现。她们的年龄与广场上她们的年龄相仿,相仿之中是动与静和自我意识的反差。在一尊佛像前,她们先是双手合十,然后为佛堂拂尘，接下来洒扫禅院。不一定是今天的早晨，昨天和明天也许如此。此时，城市轮廓边缘的广场上歌舞正欢。

不知来自哪里，也不知她们的身世，她们是来自红尘的信女，而红尘里的人叫她们居士。她们不参与歌舞，即使偶尔远行也不是旅游，而是去哪个寺庙礼佛。她们的灵魂在这里安放，轻手轻脚，轻言轻语。她们中的每个人，见到他人都双手合十，躬下身就走开了。才想起来，今天是朔日。她们开始和比丘尼一同课诵。我听不懂她们诵读的经文是何要义，但能听得出诵经的节律平缓也有抑扬，富有节奏，清脆而滞重，有时又似薄雾袅袅升腾，在半空飘来飘去，能抚摸听者的面颊，闻到若有若无的草香。

据说这个场面是不能偷窥的，我向经声轻起的佛堂望去，自以为与偷窥的意思无关。我还是不能看个究竟，就伫立在佛堂左扇门的后面，这个位置会将里面的一切吸吮进眼耳。

我既然在这个早晨无意地走进这里，也无意打扰她们的禅心，只是静静地看她们盘坐蒲团，双目微闭。我发现她们口诵经文的样子和比丘尼没有不同，只是通过服饰和发式,一眼就可辨别出家和在家的区别。我忽然觉得,她们心无挂碍的神情以及如清泉流淌的经声,在轻轻抚理我杂乱无章的心绪,尽管我与佛无缘。

对于她们的行为,我起初感到有些怪异。后来我想,这有什么值得怪异的呢!她们虔敬于"三宝",并以布施和日常的礼佛消除贪嗔痴的六根不净,这无疑是她们的修为。她们的六根究竟有何不净,又有多少悲苦?她们不对人言表,却全然说给了佛陀,尽管对一种笃信说不出理由。

她们如此虔诚,相信有一种超乎人的力量,能度自己到达彼岸。我从来缺乏她们的信仰,但我从来怀有对她们信仰的尊重。我只对当前的生活抱有兴趣,对于未来或是来世常常表现得漠不关心。这与她们也许格格不入。

我看到的一幕再不能于我的眼前消失——她在诵经就要结束的时刻,竟然泪流满面。

形体之外

对每一个人来说,未知领域都有无限广大的意象。即使是司空见惯的东西,其实也未必获取了真正的认知。比如瑜伽,我知道现在很普遍,对它却感到陌生。

我对她们从未知到部分已知,当然源于观察和访谈。据说,瑜伽馆不宜观察,访谈就必不可少。访谈不是作家的拐杖,确切地说是一座桥,搭架在陌生与熟悉之间。

我只知道瑜伽属于古老的哲学,但她们喜欢瑜伽却不是为了喜欢哲学。我在访谈的计划里,之所以对涉及这项运动的人没有考虑,是因为在我的印象中,瑜伽属于青春一类,所以属于青年。后来我知道,这个认知有误解。

我对瑜伽的误解,等于误解了她们。在街巷里行走,偶尔遇有瑜伽馆,也偶遇她们从馆里进出。我遇见的人数不能证明瑜伽里有个群体,说这个群体是中老年女性。因为她们与年轻女子交融一起,无法估计纯粹的人数。即使有她们的参与,我觉得也与群体的规模不着边际。

我不得不借助访谈。她在瑜伽馆修习整六年。要不是亲耳听她的介绍,我不会想到在各个瑜伽馆里,在各种年龄的人群里,她们真的构成了群体。

我了解到瑜伽群体的表征之后,就再不对群体感兴趣。所以,每天她们会有多少人进入瑜伽馆练习,后来又有多少人,经过多长时间,从原来的体态,是否变成了大众审美认为不错的形体,对我来说,似乎都无关紧要。做过访谈之后,我才有所明白,瑜伽既有益于形体,而又超乎形体,最终止于精神和灵魂。过去我根本不懂瑜伽与精神和灵魂有什么关系,也就是说,不知道瑜伽哲学里的精神和灵魂,与它们在哲学之外的存在有何不同。

现在,我似乎有所领悟。她说,退休公务员、银行职员和教师,是瑜伽馆的常客,每人每年要交瑜伽馆两千到三千元不等。其实,无论职业如何,岁月早已使她们的筋骨失去当年的柔韧,即使怀恋往日四肢伸展的自如,也不过是一种不舍而已。四肢本身不会因怀恋而柔韧如初。

但她们最初还是因为想到自己曾经的敏捷灵便,而对瑜伽心生向往。后来,也就是她所说的,由调体到调息,再到调心,从未有过的感觉就开始出现了。我不知道她所指的感觉是否出自灵魂,或者愉悦于精神,但那感觉一定是"身心合一"。

我虽然没有观看的想法,但可以想象出她们凝神敛息、神游物外的情态,是淬炼中的情态——心灵的尘埃被无声无息地洗涤,渐渐遍体通达,睁开双眼已是旷朗无尘……

我关注她们身心的辩证,并善于在两者的修复中,获得超乎肉体的陶然。这说明,她们心存另一种境界。

春天不是一个季节

我结束了省城的生活,回到我少时出发的原点。她们竟然陪我回到这个不大不小的城市。我相信这个错觉,并感谢它让我一直沉浸于城市,使视觉和听觉始终保留城市的色彩和气味。

我喜欢到河边散步,喜欢漫无目标地走上一阵子,真正地"拈花惹草",消受一番春光。尤其傍晚,夕阳的光辉给草地、苇塘镀上一层柔和的酒红色,如有薄雾轻起。远处喧嚣的城市是静默的,河流、树木、沟渠、草地是静默的,鸣叫的虫和鸟儿是静默的,忙碌的她们也是静默的,像一幅静物画。这个时候,我的心就会涌起一种不可名状的忧伤,而这忧伤也是静默的。一个春天接着一个春天,一个黄昏连着一个黄昏，舞台背景不断变换，而不变的又是什么呢？

这是冰河消融的季节，候鸟在城中的河面上盘旋，两岸的新老柳树正在泛绿抽丝。我在岸边行走，她们在行走中拍照，把自己和候鸟一同摄入镜头。我似乎好久没有看到她们，自从深冬里那场大雪覆满城市的角落，我很喜欢的色彩的流动在街道上就消失了。其实也不一定是消失，因为我已经有好久没有走在街上，也好久没去与冰河相隔一道木铁混合的围栏的广场。我从住处走到这条河的岸边，大约需要十分钟，这个距离根本听不到广场上的乐曲声。事实上，广场舞每天都在上演，早晨晚上和季节没有区别，虽然人数有所减少，穿着的色彩也有所减少。

似乎都在等待春天的来临，包括蛰伏于地上的野草，以及半睡半醒的泥土，都在压抑着饱胀的情欲。好像就在阳光把步道的石板全部染亮的时刻，她们的脚步声越来越密集。这是入春以来天气最好的一天，天空只有几片云，风也藏匿在很远的地方。看来她们早有约定，就约定在这天的上午，制定从现在开始到明年新春来临之前的活动计划。这个场面很有意思。她们几十个人围着一个人，不停地打着手势，那一个人在原地转动，像是一群人同时充当一个人的指挥。忽然，她们的笑声像是压倒了河流的喧响。没人告诉我，刚才经过一阵激烈的热议，最后通过了一个决议，一个人人称心如意的计划就要付诸实施。我当然不知道她们具体要实施什么，是学习哪些更流行的舞蹈，还是去哪些地方参加几次大赛或是表演，抑或还有什么对外秘不可宣的事情，反正她们都如愿以偿了。

在她们看来，生活在春天里，而又在春天之外，在那些并非春天也依然有春风荡漾的季节和日子。这样一看，春天就不是一个季节的问题。河流的喧响依然清晰可闻。我和她们一起思考，虽然她们不知道我是否思考她们。

可春天怎么不是一个季节呢？它的特定的温度和特定的色彩，都说明它是一个季节的专属征象。我从气候学的角度看季节，没有任何的虚妄，是完全真实的确认。如果我用诗意去解读，春天的含义就不是春天本身。

她们不习惯这种解读，不喜欢把春天说成超越春天，或是永远的春天的抒情。心里有什么，她们认为眼前就是什么风景。比如当年，她们对春天反应麻木，以为它就是天气里气温的回升，说明她们的内心毫无春天的气息。

真是巧极了！有些不约而同的现象相聚一起，有时会让人觉得既有刻意的味道，又像是有顺乎人意的情理。其实，谁也没有事先的预料，就像她们没有预料这个春天来得如此之早，没有预料还有那么多的姐妹，也和她们一样，选择在今天的时间里聚合。

她们都是女摄影家协会的会员，拍摄候鸟是三天前的决定。她们在一个没有远行的冬天里，被一些凝固的物体折磨得视觉模糊，除了飞舞的雪花，再没有什么值得她们惊呼惊喜。

现在好了，春天来了！她们从春天离去就等候春天来临，尽管她们并不放过春天之外的一切景物。镜头里有了流动的河流，是她们欣喜的动感。但这在她们看来，没有什么值得新鲜的，谁都知道所有的河流，在春天都是这样动感的形态。如果是中国最北部那条江上的冰排，排山倒海地奔腾下来，倒是难得一见的景象。其实候鸟的光临才具有强大的磁性，每个人都恍然如梦，谁也不知道这些天鹅和……那些年都成了哪方水土的过客。她们今天的行动显然与天鹅有关。沿着河岸分散开的她们，像是布下的奇异的兵阵。

也许是担心对候鸟的惊扰，音乐声在有残留积雪的高墙下轻声传来。我好像意识到，她们从市区的街巷里穿行而来，不会是为了一个短暂的议事，她们应该为这个春天有所表现。

我的预想也并不十分确切。没有人指挥，也没有人提出明确的指向，她们在各自创造感觉，用阳光、温度、用水流的形态和声响，用水边时起时落的鸟儿，还有几步之遥正在泛绿的野草，然后再把自己的心情搅拌进去，一切行为就变成了精神的产品。这个场面有点混乱，如果说混乱有点言过其实，起码也是缺乏必要的齐整。因为除了统一于音乐的节律之外，每个人的四肢的动作都不尽相同。没有人理解我对这些不同有多少想象，对她和她的心灵、家庭、性格和审美的想象。她们看似不被他人指使的自主行为，情不自禁而又随心所欲，我的观察却发现另一种意象——她们的情感的脉搏，正和着春天的脉搏！所以，她们狂欢般的表演，比有人领舞或指挥更加耐人寻味。

再说那些摄影家吧，她们已经各取所需了。然后，她们把镜头对准起舞的姐妹。她们又聚在一起，拿着各自的相机开始交流什么。天鹅鸣叫着也在交流，叫不出名字的鸟儿一起鸣叫，但不一定是交流。

她们懂得交流，她们与春天的私语，内容会很丰富！

对　照

没有谁对我有这种提示,让我去对照她们,是我对关于她们的素材有了并不浅薄的累积,忽然生出这样的想法。我认为这是我的一次醒悟,一次不逊于改造灵魂的自觉,一次具有对她们曾经的误解和心存愧疚的惴惴不安。

一切事物只要剥去它的表面,就会使人转换为另一种观察心理,随即产生对自己原有认知的否定。但也往往是这样,主观上即便没有探究的欲望,后来由于一些人和事情的循环往复,自然会使初始的意识不再停滞于认知的表面。

大概的逻辑就这么简单。我从声音开始对她们排斥、烦弃和厌恶。声音的表面之下还是声音,是吵嚷和杂乱汇集的喧闹与喧嚣。我几次写到我那时的心情有点痛苦不堪,并觉得她们不屑一顾甚至不可理喻。后来,我对她们经过五年以上的观察,经过对她们当中的诸多人的访谈,我开始不断更换我使用于她们的词语,直到认为她们看到之后不会反感或咒我为止。

我成了她们的朋友(当然不是她们所有人的朋友)。对于这一点,我对自己感到惊讶,感到莫名其妙,甚至感到滑稽。不过,我真的就是她们的朋友,说不上亲密无间却也不是若即若离的朋友。虽然本能的异性吸引已经退去,但还留有些男人与女人的顾忌。其实我本来不想就此议论什么,写到这我又禁不住要说,男女之间如有顾忌心理的存在,那说明异性的吸引就没有完全消失。但她们对我最大的吸引,显然在于生理之外的女性天地。

她们的天地广大无边,内心的地域的情趣的,都没有明确的边界。我所要对照的,不是与她或她们的机械比较,不是事先要拿出模拟好的一把尺子,然后用思索一类的手段,对自己的行为和心理做以衡量和测试。这样的做法既愚笨也不现实。我是在随时遇到的感动中,对自己的心灵随时进行叩问。比如,我在访谈中知道她五年前经医生诊断为胃癌晚期，现在却兴高采烈度过七十岁生日。我于是发现自己对小小疾病的忧恐，该有多么的可笑可鄙！比如，我看到她们彩衣加身，载歌载舞，不为任何不悦的东西所扰，而且整日满脸喜气充盈，我起码应该保持微笑，事实上却是愁眉苦脸。我发现我对生命有所辜负，至少缺乏必要的善待。比如，我在古诗词鉴赏的讲座现场，看到她们聚精会神的样子，像是求知若渴的学生，之后在诗词大赛中对答如流，我顿时惭愧内心世界的清冷和荒芜。这种排列未免有些程式化，未免失去引人思索的余地。其实我还有很多关于她们的事例，激荡我或激荡别人的事例，但都不外乎说明某一个问题。每列举一个，如同在原有深刻的上面重复深刻。我反对任何不加分析的以偏概全，所以我从来不拿她们的反面作为戏谑人的把柄，因为我选择对照的她们，早就对那些贪婪和粗野的行为感到羞辱。

我没有发现她们中有一位英雄，当然也没有看到英雄的行为。我从来不与英雄比高下，因为在英雄面前我始终怀有自知之明。我和她们的对照，一看就远离了传统的模式，是一种目光对毫不在意的自我状态的观察,并在观察中获得的自我发现。也许有人认为这根本不是发现,但我已经很庆幸这个发现了,一如庆幸发现了迷失的自己。

我没有小题大做或故作姿态的意思,因为我除了写作(她们当中同样有写作的人),在她们面前也没有什么姿态可言。描写与被描写表现为完全的身份对等,我只是懂得对等是最好的对照。

如果有种对照只是为了高大与渺小的比较,那么对照的结果无非是高傲与自卑。我与她们的对照,在于内心与内心之间。她们的内在与外在没有半点伪装。所以她或她们没有高傲的神态,我当然也不存在自卑的落魄。写到这里,我似乎有所振奋,有朝着她们的心路急速前行的冲动。

她们的反面

这些问题出自旅游公司经理之口，后来她们中的好多人，证实了这些问题并不虚无。尽管来自网络的消息，把她们贬损得体无完肤，但她们毕竟是她们中的少数。

那艘游轮上发生的事情使旅游公司经理十分难堪，于是控诉式的叙事开始了。他的脑海里翻腾着餐厅里的场景——她们把香蕉和苹果塞进挎包，吃剩的东西几乎占满了多半个盘子和桌子。就是这样，她们嚷嚷着离开，他对她们束手无策。餐厅经理对他提议，要说服他带领的团队，不能再如此下去。他按照提议去说服，但第二天照常上演了头一天的画面。

对毫不相干的她们大发雷霆，他知道是无的放矢。她们没有参加那次旅行，没有目睹他控诉的场面，但她们感同身受，与他一样气愤不已。她们也开始了控诉式的叙事，对发生在南方玻璃栈道上的舞蹈，还有攀爬梨树桃树以求留影的行为，以愤怒的表情和声音进行讨伐。

她们反对旅游公司经理貌似天公的怒气，以为这样喋喋不休有辱于她们的人格。其实，经理的话应该到此为止。如果一群男人共同干了一件有损于男人尊严的事，女人们对男人们同样喋喋不休，男人的尊严就受到挑战。

她们停止争吵，用犀利的言辞在她们和他指责的人群之间降下黑色帷幔！

人性的交响

写到这里,我远没有收笔的意思。我也无法把笔停下来,因为我已经被她们抛出的绳索牢牢套住,并紧紧跟在她们的身后。但我丝毫没有受制于人的感觉。她们除了欢娱,对世间的忧愁,乃至对自己的忧愁似乎一无所知。所以,我对她们的跟踪观察兴趣正酣。我觉察到,她们灵魂的齿轮存有残缺,有时咬合出稀奇古怪的声音。但这是别人的感觉。在我看来,这是人性的交响,人间的所有声音都在其中,生活的、人性的原味也在其中发散。

把喘息变为笑声

她不止她一个,是一个群体,一个复制的形态。

她们所处的空间极其逼仄,在长辈和丈夫之间,在子女和孙儿之间。她们就在来自双重挤压的空间里欢笑着,或根本没有欢笑,只面带倦容。在某一天的某一个时刻,她们生活的脚步开始错乱,甚至迈向与欢乐相反的方向。长辈、丈夫、孩子和孩子的孩子,既是她们生命的支点,又是生命热值日益耗损的洞穴。

我的怜悯之心源于她表达的含糊不清。我对含糊一词的比喻,就像一片雾霭,遮蔽了裸露的土地,但我知道那土地上生长欢乐的稻禾和情绪的稗草。她之所以欲言又止,间或嗫嗫嚅嚅,完全是由于一种徘徊，徘徊的结果是，无法把自己撕成两个自己之后合二为一。因为她们把付出作为天职，而又把追求自我看作不可或缺，所以，她们绝不能为选择其一而想把两者断然分开。她们非常清楚，这样的选择只能有违于自己的心愿。

而对于写作来说，我怎样写她们什么，才是最准确无误的呢？我起码应该放弃歌颂，她们在夹缝里的状态实在不是我歌颂的对象。如果这样，无异于歌颂无奈或煎熬。同情也似乎多此一举，她们的命运早就经过无数同情，而至今并没有改变被同情的境遇。况且，她们从来不需要同情，因为她们始终坚忍，并认为生活里所有的一切都该按时发生，自己从中扮演任何角色都属天经地义。后来我觉得我的谨慎，在她们的意识里完全可以忽略不计。

她们最终习惯于这样的状态，习惯于在上述的几者之间，在辛劳、喘息与释放的交汇处，把自己的影子站立成横与竖的形状。于是，她们尽力把喘息也变为笑声。

一个人物

她应该是个人物,尽管人物这两个字不能轻易落在谁的头上。

她们中被我称为人物的人,一定是与她们有所不同的。所有的英雄都是了不起的人物,但人物不一定是英雄。因此她讲述的故事,是只属于她的令人惊叹不已的故事。

看不出她有六十六岁。她的鲜艳的衣着和施有粉黛的面庞,只会使人一下子猜想到她心理的年龄,并被青春和年华一类的词语所触动。但她在二十年前就被所谓的医学权威宣判存活期仅有三个月。很难想象,这近乎让她立即死亡的消息,竟然没有让她掉下一滴泪。

她为什么没有掉泪呢？她说掉泪与不掉泪又能怎么样！面对死亡，如果是确切的死亡，掉泪、哭泣甚至号啕都是符合情理的回应，相似于为自己提前唱起的挽歌，或怕是挽歌的表示。但她的表现很平静，当然也没有做作的微笑，用来向他人表示视死如归。

她与那位权威告别之后继续工作，业余时间继续教她小区里的姐妹们跳舞。舞蹈不是来自网络的教学课件，而是出于她的自编自导。作为铁路司机的女儿，她在铁路做的是油漆工。北方不能刷油漆的季节，是她为一座居民楼烧锅炉取暖的日子。三十年后她走出油漆的气味和锅炉房煤烟的气味，对曾经辛苦的劳作并不以为意。她却很在意她的姐妹，在意她们某一天因她的手术不能按时学习舞蹈的焦急不安。

她说早就忘记了那位权威的预言，只记得后来又做了十三次手术，手术范围涉及肺、肾、胃、胆、腮腺、股骨胫骨……命运像是有意捉弄她，让她不得安宁。我对人之于肉体疼痛的忍受，并不认为有多么可贵，而化解心灵的痛楚，是人的最大本领。因为它绝不像战胜肉体疼痛那么简单。

如果说疼痛和苦难是一种磨炼，不如说是一种坚持和等待，在迷茫中等待拯救的亮光。在折磨中洞见光明。有时命运无法逆转，但等待会照亮前途，在迷茫中寻求突围。疼痛久了，忍受久了，人都会生成一种灵气，反作用于这个生命。逝水不归，只管流淌，不管是痛苦与愉悦，死亡与再生，一程一程都在旅途。

我没有对这类问题的专门研究，一遇到这个问题，心灵的成像就有了某种具象——一个庞大的怪物，一个岌岌可危的液泡，一只在风中的羸弱飞鸟。

她若无其事，心灵石头般地若无其事，她的目光和表情也若无其事。她的的确确是她们中的人物！

不可定义

这让我感到难以下笔,我怎么能给她们下一个定义呢!一些人对我提出这个问题,是想用简单的思维,或者根本不想思维,就能获得对她们的认知。这种想法显然很幼稚。

行走于科学森林里的人,对定义抱有兴趣。他们为每个动植物命名,并用毫无生气的文字记录其本源和习性,然后给出类似数学和物理学的解释。而解释浓缩之后,就诞生了定义,也就是关于它或它"是……"的概念。

我不否认,定义是科学的路标,尽管这样形容不够贴切。科学没有定义是不可想象的,它会使探索者失去方向和路径。但文学呢,文学不同于科学,文学如果有定义，便不是文学。因为文学的想象就是对定义的摧毁，或者说与任何定义格格不入。我对于她们的描写根本不需要想象，不需要修饰和渲染，所以她们不可定义。

我说她们不可定义，是出于对读者绑架的回避。凡是定义一类的东西，都抽象而乏味。我一旦说她们是什么，或者说不是什么，其实都是索然无味甚至归于片面。我曾经多次想力戒片面，除去所有对她们不确切的品评，以为这样，我就会把公正抓在手上，然后完全以我的认知去给她们定义。后来我发现，我的想法也很幼稚，属于枉费心机。因为凡是可定义的，都是明确的。她们却无法明确，除了年龄和性别之外，一如林海里的每一株树木无法明确。

其实，对她们也没有定义的必要。她们的志趣不在同一个定义之内，也不活在某一个框子里，参差得如大自然里的植物，虽然都富有快乐的生机。她们之间的差异，也会让她们相互不得其解。如果非要定义她们不可，我只能说——她们是每一个独立而又密不可分的自己。

没有创作的故意

我现在想好了,无论她们与文学有多少关系,写她们无论采用哪种文学样式,都不能把叙事、议论和抒情杂糅在一起。如果不是这样的话,她们也许就不是她们,或者说是不完整、不真切,甚至是不可捉摸的像群。

我是为她们和读者共同负责。她们是什么就是什么,这会有损于她们什么呢?身体和灵魂都无一点模糊,连她们的声音也不放大或缩小,连她们的情绪也不加入我一丝一毫的主观揣测,连她们的动作和神态也不加进任何夸张,这倒是写作中很难的功夫。我知道我欠缺这个功夫。写她们而又还原她们,不美化更不能丑化,是我怀有的起码良知。我身怀良知写作,尽管良知不能代替方法和技巧，但有良知的文字一定是作家自己脉搏的律动。

在接受我访谈的人中，她们大都怀有兴致，但兴致只在于表现她们本身，犹如要看到她们在影像中的自己。对生活的热爱，在她们看来高于一切，并胜于所有人群对生活的兴趣。从这个角度看，美化她们与美化生活密不可分。但我以为没有必要美化，因为她们的一切，都在说明生活本身就是美的折射。

所有的文学都是生活的真实，任何丑化她们的言论都远离真实。我的写作没有创作的故意，没有考虑读者，再考虑自己，然后再考虑她们的左顾右盼，所以越来越觉得轻松自如。

这样一来，有人看我写她们的东西，也许不知其所以，因为一种难以阻挡的思维，就是要看清是黑是白。没有黑白的分明，爱或恨就无根无据，自己就像是没有情感的动物。

但很遗憾，我写她们的文章没有刻意的褒贬，对其中的哪个人也没有。我当然不具备虚伪的评论家所说的爱憎分明。

文学从来没有在这个世界单独存在过，它总是有意无意之间降临于某个事物，或某个人的头上。文学与写作者有关，与他面对的事物和人群有关，更与所处的时代和个人处境有关。从某种程度上讲，也与她们有关。

她们让我难辨，也许难辨更接近真实与文学。

几个秋天后的秋天

不是因为回故乡,看到她们在黄昏后载歌载舞,就在秋天里又想起她们。

已经是几个秋天后的秋天。

还是城墙根儿那个地方,还是那个不大的广场,就连季节和季节里的时间都几乎相同。但她们的舞姿不是传统的秧歌,而是城市的广场舞里常有的舞步。我对这种舞步丝毫不感到新奇,对伴随它的音乐也格外熟悉。我感到新奇的是她们对陌生之美表现的新奇。

她们的衣着比几年前的秋天鲜艳很多,围观的人却寥寥无几。那时的男人们是围观者,现在只有一些小孩子在围观中打闹。我发现只有两个年轻的男子在她们当中跳舞。她们的男人到哪儿去啦?他们不必在这个黄昏里准备开镰的工具。

没有哪一种嗜好和情趣事先分配给女人和男人,也没有哪一种专属于老年和少年。但一切又似乎都有所归属,比如,舞蹈和走秀一般来说就专属于她们,而广场一角的健身器材以及扑克牌一类,便是男人们的喜好。灯光亮起来,照亮两个世界。老城墙刻板的面孔没有疑惑。

秋天的原野不再寂寞,收获已经来临!

魔幻与现实

我们都坐在观众席上看她们表演。如果你喜欢魔幻,她们就从天而降,让你进入狂想世界;如果你喜欢现实,她们就走到你的眼前,并为你上演不同的剧目。

我和她们去旅行

我和她们一起旅行的目的不是旅行。她们把我当作旅行团的成员,以为我要和她们一起见外面的世界。我希望她们这样想,希望觉察不到我对她们的观察。

我根本没有加入旅行团旅行的先例。我习惯独自一人,想去哪里就去哪里。但为了我要写她们的一本书,我必须改变过去的做法,与她们一同做一次旅行。旅行社的经理通知我,此行人数除去我三十三人,其中有五对夫妇,其他都是老年妇女微信群人员,目的地 Y 省共六地的景区。

这已经是很庞大的团队了,但有意思的是,我仍然以为人数还有增加的必要。我的用意是想接触她们当中更多的旅行者。有些人对我继续质疑：看她们旅行与看她们跳舞有区别吗？看她们走秀和看她们歌唱有区别吗？我知道质疑者的意思是，既然都是她们，只是志趣不一，内在和外化完全相同，这有什么值得观察的呢？这就是我和他们的分歧，或者说他们根本不懂我写作的意图。

我记得有人说过，如果你与某个人一起旅行一周，那么会胜于你对他一年的了解。还有人得出结论，说你和某个异性有一周的旅行史，如果彼此感到很舒服，那么就可以结婚。这些出自旅行的假设，足以说明旅行对于人的认知有多么重要。我和她们一起旅行，不是要验证我已知的现象，而是要获取一些我从不知道的信息——关于她们的品行、性格和嗜好在生活里的点滴。

我知道这些都是琐屑的东西，但我需要这些琐屑作为描述的细节。文学离不开细节，没有细节的文学像是敷衍了一点点肉馅儿的包子。我对于细节的捕捉，是想从细节中发现她们更加真实的内心，并让读者感知她们通过旅行表现的有别于那些姐妹的生活形态。

旅行结束之后,我迎来了一批好事者。他们多数不怀好意,至少有取笑我的意图。但他们想错了,我所收获的大都出乎他们所料。他们预料到的,是她们在旅游点不耐心听解说员的解说,跑到一边不停地拍照,在大巴上大声讲笑话,晚上交谈到很晚,早晨很早起来,逐个房间叫醒他人……仅此而已。这对我来说,也不出所料。但这些表象终究是表象,我列举的事实——她们上下山时相互搀扶,没有一个人独自离开;五个人因陪护一位患感冒发烧的同伴而舍弃景点参观;毫不保留和同伴分享自己携带的食品;争相为体弱者提带行李;把拾到的手机迅速交到风景管理处;彼此自由组合选择住宿房间……我把这些回应给好事者,不是要为她们据理力争,达到澄清什么的效果。

我只对我的目光所摄录的一切进行回放,不论他们认为如何。他们最终对我的回放默默无语,却让我生出一种战胜的感觉。

快乐没有答案

有时一个简单的问题,会让你费尽思量,最终也没有合适的结果。比如,她们为什么如此快乐,这个问题再简单不过,但你一时无法做出明确的回答。

我也曾迷惘于她们的内心,一如迷惘于夜空的奥秘。所以我与向我提问的人一样,问她们为什么快乐。她们用微笑或哈哈大笑一类的快乐,回答了为什么快乐的问题。这很让我失望。我要的语言表述,即使三言两语,也要带有思考的意味。笑的一类只是思考的幌子,她们根本就不想开动脑筋,也想让我以为是得到了回复。我的想法很固执——只有说明具体的原因,才是回答我所问的问题。其实,她们等于没有回答我,因为我要的结果是"为什么",而不是她们的表情。表情和神态,正是问题的由来,如此等于对问题的反问。

隔了两年多的时间,我又想起这个问题。在同诸多她们的访谈中,只要我按照过去的思路,再向她们提出"为什么"一类的提问,她们回答的原因都不能归结为快乐的原因。我感到尴尬,因为她们有几个人,几乎同时反问我:为什么不该快乐?

这样的访谈似乎捉迷藏。爱提问的人捉别人或被人捉,都是常有的事。明知故问有时就落个被人捉的结果。但我不是明知故问,即使能知道一些原因,也是谁都掌握的,根本没有什么新意。我一直以为,她们的快乐超乎寻常,有时甚至不可想象,其缘由一定耐人寻味。

她们也许以为我的提问多此一举,也许以为有了一个或几个理由,简单得明明白白,不言自明。尽管如此,我却依然看得模糊不清。

救 赎

写到现在,应该把目光投向她们的身后。仅仅看到她们身后的一个影子就够了,不要追问隐私和令她们不快的任何事情。

不是为了社会学的考据,即使是为了写作,也不一定非要对她们的行为一一进行求证。我只想说明,用最简单明了的说明,让读者看到她们身上的表现,不是一个虚妄的表象,犹如土地上的庄稼不是土地的幻影。

我当然知道,这个说明也许并不值得一些人关心,因为我说明的目的只是指出一种联系,或是有意暴露哲学的一种方法。这种方法对我很重要。虽然任何饮水的人都不去打听水源在哪里,但对于一个作家来说，它会防止我的写作成为无源之水。所以，我的笔触会从那个虚拟的水源出发，最后流淌在真实的纸上。这样就会看出，她们的歌唱、舞蹈、器乐、摄影、瑜伽以及纷纭驳杂的兴趣，为什么会构成现象的效果，尽管她们自己并没有构成现象的主观意图。

现象不过是表象的属性。文学的思考含量，就取决于对表象铲除的程度。我宁愿破碎地肤浅地思考，也不愿保留表象的完整。无论她们怎么说，那些行为都是出于兴趣，我都会产生追问的冲动——兴趣来自哪里？但我没有追问。我有过类似于追问的难堪，所以每到这时，我会和自己做一番讨论。

我和自己的讨论，涉及救赎问题。我可以断定，她们的行为都属于救赎，或者类似于救赎。我首先有个比喻——她们（不是所有的她们）的精神是曾经的囚徒，又被精神的囹圄所关押。她们不甘于此，或者不能忍受于此。所以，她们任何的快乐，都是一种方式，一种具有救赎意义的方式；也是一种认知，在救赎中与命运和解，然后，在平淡日常中愉快地以此方式进行下去。

再看她们的表现，救赎早已终结。

打扮与伪装

打扮和伪装都有装扮的意思,但两者的意思又完全不同。打扮是可以使人接受的行为,比如她们涂脂抹粉,身着彩装,都属于打扮,为自己也为别人。即使打扮得惊世骇俗,也比伪装得天衣无缝要好上几倍。

她们不会伪装,或者说,她们不懂伪装是为什么。人为什么要伪装呢?只要是伪装,就会和掩饰、故意、包藏和造作一类的词语联系在一起,因此,伪装是十足的骗子的伎俩。

她们也从不伪装。她们心地美好,襟怀敞开。她们所有的行为让人一目了然,所思所想都外化为可触抚的质感,并且连温度都蕴藉其中。不要说她们缺少或没有涵养，也不要说她们头脑不够灵活，她们不伪装或不会伪装，正是一种难得的高尚。

因为丑陋所以伪装。她们为什么要伪装，又为谁伪装呢？既然是释放和宣泄，为了由内而外的欢欣，还有什么可伪装的呢！她们厌恶伪装的人，甚至对他们憎恨无比。在她们的眼里，一切戴着面具的人，都是灵魂的丑陋者。

现实中有许多怪异的现象，久而久之使人司空见惯，并自觉不自觉地扮演着其中的角色。我们常常被伪装的人所欺骗却不以为是欺骗，而我们常常与毫不伪装的人接触，却并没有发现不伪装的宝贵。她们有时被人误解，是由于她们不会伪装，不会欺骗，不会让人捉摸不透。这是多么令人费解的问题！

我一直为她们遭到这样那样的误解感到愤愤不平。

梦中所得

也许是关于她们的材料收集差不多了,要不然不会在脑子里有动笔的意念,更不至于在梦里开始写她们。

梦很清晰,像是清醒时的思考。从声音和色彩开始,也就是从群像入手,然后展开她们的生活形态,其中有诸多典型人物和事件,并对这些人物和事件进行肯定或否定后的解剖,在经济学、哲学、社会学及心理学上,思索她们生命的意义和对当今社会的正负面影响。我狠狠地告诫自己:必须客观,主观性的东西一律不要。所以不要加进评论,最好连一句也不要。评论容易陷入主观,陷入褒贬的旧有模式。

我觉得这些不像是在梦里的思考。我即使不做梦，即使瞪着或闭上眼睛思考，即使和朋友们讨论再三，得到的也许就是这些。我对这个梦很感激，因为我用白天证实了黑夜的正确。

我记得我的思考刚刚完毕，刚刚要动笔写作，她们突然就出现了。过去我写任何东西，也都是这样，只要构思完毕，构思里的人物和事件就会跑到我的眼前和耳际。今天，她们出现的时候，我一定打着鼾，抑或还有别的梦赖着不走。这种情形是对我平时马上写作时情形的复制，所以我觉得我就要开始写作，开始对她们的从群体到个体然后再到群体的记述了。真是非常巧妙！她们完全迎合了我的构思和我写作的状态，像是准确无误地依照了我事先制定好的方案。

她们先是有了声音，即音乐的喧响，随之是色彩和舞蹈，一切都是我写作开始的部分。大概就在几秒钟之内，她们像是发现了我，突然解散队形，纷纷向我跑来。我已经做了一切准备，尽管我也不知道要准备什么，就是准备而已，或准备看到她们到底要干什么。与我过去做过的访谈一样，她们接近我时面带微笑，因为我说我要很认真地写她们。但是接下来，就出现了与访谈气氛完全相悖的情形——她们七嘴八舌地问我写她们中哪一个,我好像没有回答出来;她们说不能用那些人的口气写她们,我似乎也没有明确答复;她们说要写就赞颂她们,要不就不要自讨没趣,我一直笑而不语。于是,她们纷纷伸出手来指向我,不约而同地呼喊——"别拿我们当文学!"

她们愤怒了。我能听到她们呼呼的气喘的声音。我当时心里很清楚,这应该与我无关,因为我从来不想让她们愤怒,我只希望她们快乐!她们本来就属于快乐。对于政治一类事情的关注,她们似乎没有,或者很少有。我希望人人关心时事,并以为它与每个人的生活有关。但她们的表现缺少起码的热情。我对此提出批评,她们对我报以冷漠。她们用歌唱和舞蹈为自己证明,当下的心情与任何不合乎她们心情的讯息没有关联。现在她们如此关注自己,这是我没想到的事。我又和平时一样,对她们讲道理,讲文学是什么,讲文学不是她们想象的东西,不是她们喜欢听什么就写什么的无聊逢迎。但我的解释毫无效果,她们继续愤怒,继续向我发出发难似的警告。

一个胖女人率先向我抡起拳头,她喊着:"我们不是文学,我们就是我们!"

"对,我们就是我们!我们不是文学!"她们把她的呼喊颠倒过来呼喊,并同样挥舞拳头。

我在她们面前无所适从,忽然觉得她们不可触碰。

我渐渐镇静下来,调整一下视线,发现她们中有好多我熟悉的人,也有好多接受过我的访谈,过去都表现得非常友好。尽管不知道我要写她们什么,但她们都是无所谓的态度,只是把所思所想或是没有想好的说法表达给我,以为这样是对我的尊重。我也认为这是尊重,并对她们回报以同样的尊重。我不得其解的是,她们为什么突然一反常态,为什么对关于她们的写作患得患失?我现在的看法和原来的认知开始发生冲突。我发现她们这样计较,是出于她们对自己过分的尊重,也可以说是对自己一丝不苟的维护。

我没有想到,梦里的领会回到现实以后,竟然让我直接联想到她们可能存在的心思。最终我的认识确定下来,确定她们真实的心理,也许和她们对我在梦里说的一模一样。

我不能漠视她们的意志,如果我漠视,就等于忽略最基本的目标。我没有和她们做过多的解释,虽然我不知道是身处梦中。

　　我好不容易在她们的呼喊声中醒过来，像是逃离了一场灾难。但我不是心有余悸，不是对她们心生怨恨，我反倒感谢她们闯进我的梦里，并在我意识沉沉的时候，在我根本就谈不上清醒的时候，让我的意识在昏死中醒来。我甚至有点遗憾，对一场梦没有结果的遗憾，对没有辨别出是非的悔恨。其实，一个梦给我的警示似乎荒诞，但她们到底是不是文学的问题，或者说她们的身上究竟藏匿多少文学元素的问题，一旦从梦里拿到梦外，就会在文艺评论家中产生意义非凡的争论。

隐　忧

自从有了写她们的想法,我第一次有这种心情,近乎反悔或背叛的情绪。我非常仔细地想了想,我的忧虑还是来自我对她们观察的不确定性。

当然,我从不否认我缺少观察的能力。停滞于表征而不能洞悉心灵的浅薄,使她们虽然为数不少地走近我,但又一个个与我保持相当的距离。我知道这距离既不是她们有意制造,也不是我对她们没有耐心,或者是由于某种方法不适造成的隔阂。无论是什么原因,这个问题的出现,使我不能准确看清光芒,犹如航行的船只看不清为它亮起的灯塔。

她们在我的梦里对我喊叫的"我们就是我们",成为我写作的准则,尽管她们的声音里充满愤怒。我对她们的想法有所理解，并有意滤去声音里的不满而留下善意，以至感到她们的真诚。

是的，"我们就是我们！"多么明确的指向，我写作的最初意图，就是我眼里的她们，是我作为主体对客体的她们的认知。现在的问题是，如何写出真实的她们并赋予文学的意义。我忽然觉得没有这个把握。我开始忐忑，甚至有放弃的意念。当然这个意念稍纵即逝，不会把我的愿望扼死。

我隐忧的根源就是缺乏对她们真实的认知。我粗略统计，我已经接触她们好多人，在她们身上获得了许多写作素材。这些素材足以让我写一本关于她们的书。但我的愿望不仅是一本书，而是这本书写的到底是不是她们，是不是她们真实的内心。这比写她们的形态要复杂得多。现在我觉得我收集的素材，涉及她们内心和灵魂的部分微不足道。

我因为隐忧，才发现自己的缺憾。这对我来说不仅不是沮丧，而且是很高兴的事。如果我能在隐忧中弥补缺憾，我的写作就能水到渠成，所以隐忧是很难得的发现。我因此对以后的访谈重新规划和调整。我想好了，以后的访谈使用心灵的挖掘机，把她们可能外化于形态的意识完全挖掘出来。其实,这已为期不远,因为剥去形态的土层,然后一直深入下去,就是心灵清泉的蓄积处。

由此看来,隐忧是写作的黑暗,也是为写作的黎明奔跑而来的使者!

谢绝之后

一个早晨被水汽氤氲出黄昏的灰暗，城市只有雨声。一辆大巴要准时载着她们出发。她们要去往D市的海滨，这是上一周就预定好的行程。

我撑一把雨伞，为邀请我的人送行。我必须为她们送行，因为我怀有对她们的歉疚。昨天，她们当中有三个曾接受我访谈的人来到我家，为我送来她们要去往D市海滨的图册。那是旅游公司送给她们的宣传品，两盒咖啡和一盒巧克力是她们特意送我的礼物。我谢绝了她们的邀请。因为我有过与她们一起旅行的经历，并已获得不小的收获。

其实，任何谢绝都是反对或否定，虽然带有客气的意味，但终究是违背的行为。所以，谢绝不会换来感谢。我在谢绝之后,有意地观察她们的表情。我以为她们会怨责我,或者以为她们会纠缠不放,但她们没有,只是不再作声。为了防止遗憾,我不假思索地请她们每人写一份关于旅游的感受,重点是内外世界的对比之后,在内心产生的感受,包括与其他活动不同的乐趣。说完,我马上意识到有点不够妥当,这好像老师对学生的做法。我知道这样做有点强人所难,但由于我的偏执,非要如此不可。她们相互看了几眼,似乎并不情愿,但最后还是答应我的请求。她们说回来以后,一定把写好的东西交到我手里。

  我的感动在于她们毫无遮掩的热情和诚恳。

她们不是风景

我不知道第一个说"她们是一道风景"的人是谁,如果我能找到他,我会告诉他,他的视觉和听觉需要医治。这倒也不是一个人出了问题,之后的许多人跟着学舌,使这个貌似诗意的句子变得俗不可耐。

说她们是风景,也许是由于她们的形态与风景有相似之处。她们有色彩和声音,风景也有,有风声水声和缤纷的表征。再有,一种形态沉寂久了,打破沉寂的任何形态都具有风景的意味。我想就是这些原因。

可她们怎么会是风景呢?风景有时一掠而过,有时是静止的固态,没有意识,没有思想,只是让观赏它的人去意识和思想。她们跳跃,并可以任意穿行,当然应该有思想,虽然看上去除了快乐什么也没有。

她们的一切都在自己的意念之中,如同江水于涛声之中奔流。对于她们来说,风景是陈放在心里的景致,不需要别人去欣赏,更不需要评头品足。也就是说,她们内心的风景只属于她们自己,内心的感觉不必成为别人的感觉。如果不是这样的话,她们就会以为自己的灵魂不复存在,或受人奴役似的存在。

她们无疑是爱美的,而至高无上的美是天然与文明的结合。

所有的创造力的来源皆是来自天生之物——大自然。人在熏陶和感化中得到经验、知识,并由此出发,有了制造、改造、创造,直至有了现代文明。人类感知的复杂世界,像自然的山峦一样此起彼伏,这就是风景。但在我眼里,她们却不是风景,是一种存在或是一种现象,是与主流世界的相对补充。她们遵守自然的、社会的、人际的存在法则,如同自然与社会本身,有着自己的运行规律和荣衰,似乎蕴藉着强大的生态平衡的力量。

对于她们来说,一个时代的到来为自己提供了某种机遇。但她们来不及反思、整理、消化,便匆匆上路，浪潮一般在浩瀚、光怪陆离的新世界谋取一席之地，并以自己的勇敢去参与、展示，去破坏、改造和覆盖。远去的时代已经覆水难收，往昔的素颜、素服、英姿与彪悍，沙尘般消失在上个世纪。当下，她们以艳妆、丽服，却是同样的英姿与彪悍，与属于年轻的面孔和新鲜的事物一争高下，或平分秋色。她们为自己创造的鲜艳而满足，回归般的艳俗一如野生的菌类，一场雨便是一地的青春。

一般情况下，对任何风景欣赏久了，也许会失去欣赏的乐趣。但她们对自己欣赏的视觉从不疲劳，因为心里的风景自从那些人把她们看作风景那天起，她们就没有被人欣赏的欲望，只为自己心里的风景舞蹈和歌唱。这些却不被外人看得清楚。

四季有四季的风景。虽然她们在每一个季节，都是近似于一个季节的色彩和声音，但她们呈现的形态，却有四季风景的韵致。

所以，把"亮丽的风景"或"风景线"一类被人耳熟能详的词语，用到她们身上很不合适，或者现在这样说很不合适。现在，她们起码是看风景的人。

但她们不是风景！

在文学与她们的吊桥上行走

　　我与现实的她们在一起，每天的观察和访谈以及她们的故事，都是僵硬的毫无修饰的生活，我时常感到枯燥无味，像是没完没了地重复一些无关紧要的数字。比如，她与她都是个别的同类，她们与她们虽然兴趣差异悬殊，但内心的状态也属于同类。失去好奇心的结果，是让我常常带着对她们的某些想象，不由自主地投进文学之河，忘情其中畅快地游泳。文学可以拒绝枯燥，拒绝一切计算式的呆板。她们在文学里的身影，荡漾出漪涟似的韵致。我观察她们，最终还是喜欢看她们在我的作品里的形态，是怎样鲜活楚楚和多彩多姿。这不是出于我个人的好恶，而是基于读者的心思。在我的作品当中，我希望用我熟知的关于美好的词语和概念，把她们染色成好看的幻象。这个幻象摒弃了世间所有的粗鄙和低俗，每个人都气质不凡，飘飘若仙。但是，我不能以虚构的手法，竭尽美化之能，把她们说得天花乱坠。况且，她们确实并不完美，而且有的人看上去俗不可耐。这是众人皆知的不可掩盖的事实。所以，我的写作不能为讨好一个群体，而脱离社会真实的认知。

如果我因为一个城市去为她们喝彩，她们与城市相比，无非为城市填充一点点色彩，如同不再动笔就已经画完的一幅图画，又随意地加上一点颜色，显得可有可无。如果抛开城市，抛开城市的所有广场，抛开所有人向她们投去的目光，她们就是一朵浮云。她们只是生活在特定的环境里并对环境给予影响的人。

我知道了这一点，我就知道了她们存在的形态，完全是当下环境框架内的状况，如同鸟儿在森林里歌唱，森林是鸟儿的环境，鸟儿的形态只属于森林。这样理解的意义，在于我把她们带进文学，却又不能让她们从社会的森林里脱身而出。她们身后的景深，是她们形态生长的温床。我说这些，是说文学和她们都被社会的一面天空所裹挟。但文学不能裹挟社会,犹如她们不能裹挟文学。通过对她们的文学表达,去表达社会的某种形态和声音,这看似落入俗套的手法,却也是唯一可行的路径。

无论她们说"我们是文学的"或"我们不是文学",我现在要写的是散文,是散文中一种纪实性文体,但不失文学元素。她们走进文学,再从文学里走出,这与她们所说的"是"与"不是"都没有对立的意思。对于我来说,对于她们的这种描写,无异于是在文学与她们的一座吊桥上行走。但走着走着,我就会失去中庸的不偏不倚。好在文学和她们是桥两边的绳索,虽然使我的双脚飘忽不定,身子忽而倾斜这端,又忽而滑向另一端,但摇摆的结果总是不停地前行,所以我不能从创作的吊桥上意外地跌进创作之外的幽谷。我很满足于这种感觉,只有这样我才能在自由和受限中抵达书写的终点。

但是,我还是有点怀疑我的书写是不是最佳的方式,也就是说,用这种思维和手法书写她们,是不是非此莫属。到现在为止,我还没有真正进入书写程序,更不必说对这本书读后的认知,所以我并不最后确认我的想法的正确，尽管我说过这样写她们没有问题。我现在的访谈留下的文字，只是记录性的不成系统的东西，她们的一切行为和表现，包括内心的一切活动和意识，都是构成文章的零碎的材料，如同一部机器的零部件散落着，静候我对它们的打理。我想象的这部机器会很快轰鸣，一如我的这本书很快会写完并产生共鸣。如果这个结果出现，就会证实我的做法非常高明。

但我还是应该冷静下来，尽管没有什么必要，对写一本普普通通的书忐忑不安。我过去每写一本书都很兴奋，但头脑一旦冷静，就像猛然踩住刹车，使顺畅的行驶中断。那时我从不需要冷静，并且害怕过多的思考，只要保持兴奋，就有漂亮的文字蹦出来。现在的情况不如往常。我知道我没有兴奋起来的理由，是我直接跨越了理性，而迷失了深藏奥秘的感性的入口。这说明我很急躁，甚至有些轻浮。

不过，在这个吊桥上行走，我一边靠近真实的她们，听她们的心跳，感知她们内心的一切，一边靠近文学，体味艺术真谛的美妙，这样的好处似乎不可兼得，其实可以兼得。就我个人的意象而言，像是遇到很尴尬的处境，但也许是最恰如其分的位置。

　　我似乎找到了创作的原点，也为她们找寻到了生活之上的归宿。

票 友

我差点疏忽,她们当中有许多票友。我对戏曲不通,即便对国粹也知之甚少。作家应该懂得戏曲,起码懂得戏曲里常识性的东西。因之,我不是合格的作家。后来,我知道票友的年龄大都是她们的年龄,而且有众多的不同的票友群体(男性票友也有一定比例),所以作为票友的她们,在我的访谈中不是可有可无。

我没有按照剧社(京剧)去采访剧社里的人,因为我想知道的,不是剧社的情况,而是票友的生活,即使没有剧社也无关紧要。剧社是票友之家,但有些票友游离之外,依然乐不思蜀。

被我一位朋友请出来的票友,在我面前有些心神不定。我不知道她来自一出历史剧的排练现场，也不知道她是那个剧社的社长，一位接连赴港澳台地区和国外演出的台柱子。我的眼力很有问题，没有看出她早过古稀之年。她说她从退休到现在，有二十年票友的经历，唱老旦也有二十年。她的票友身份源于当年对现代京剧的喜欢。剧社里绝大多数姐妹有这个经历。

她的神思渐渐收拢，从剧社早年间的创建，渐渐谈及她们的排练和演出，谈及演出完毕观众对她们的喝彩。就在谈及演出某个传统戏时，她的神态像是戏中人的感觉，每句话说出来，都带出戏里的动作。我很不习惯她的讲述，我感到自己不是在临时找到的茶馆，而是在某个剧场，眼前有舞台和正在演唱的人物，锣鼓和琴声还有拍板清脆的声响，忽地交织于耳际。她似乎也不是在为我的访谈回答问题，至少像是面对她的姐妹说戏。这场面在外人看来一定很有意思。但我不想了解那出戏的始末，我想知道她和她的姐妹们，对于戏的热爱的始末。她依然我行我素，竟然为她剧中扮演的我记不住名字的那个人流下泪水，后来她情绪不再低落，最后还笑出声来，是剧中人物的笑声。

当她的情绪从剧中走出,说本市有二十多个剧社,至于有多少京剧票友,她没有做过统计,估计几百人之多。她们离开家门,剧社就是另一个家。一个关于票友的联想,瞬间在脑海展开,尽管我对越剧、豫剧、川剧、晋剧等等同样了解甚微,更不知道那些剧种中的票友,有多少她们加入其中。我仅凭意识的模糊判断,她们和我眼前的票友是一样的情形。

我对迷恋感到迷惑。人为什么有迷恋——真实对虚幻的仰望,当下对遥远的期冀,那么深重而浓烈,我一时找不到结论。她们迷恋戏曲,是不是肉体对精神的依托?

她说她必须马上离开,排练现场的琴声和锣鼓已经几次为她空响。

自由的话题

我先要说明，这不是某个她的自白，如果是这样的话，心里隐秘的东西即便说出来，也是归一人所有，所以无法辨别是否真实的心声。所以我记录的，是她们一些人袒露的心思。这样就有了群体性意识，尽管不能代表她们中的每个人。

这是关于自由的话题。实际上，在我访谈过的人中，她们都有关于活成自己之类的倾诉，但都没有对形而上的自由的理解。现在，我的访谈已由初始的表征的收集，转入心境的探视，所以必须直指行为之后的意识。对于她们来说，自由的含义十分模糊，或只能解释为一种如同体验的感觉。

这个概念未免学术化，其实它就属于政治哲学。

自由等于快活,自由就是不受或少受不自由的羁绊,除此以外似乎没有什么。我的解释显然平实却过于肤浅。但是,我和她们一样,对康德"自由、上帝与不朽"的纯理性描述,感到头晕目眩。

后来,我翻阅我所有的访谈笔记,把她们每个人对生活的理解进行梳理,试图找到她们对自由的认知。因为她们不愿意也不善于用条理去解释一个抽象的概念。她们从来不喜欢概念,只喜欢生动,喜欢与兴趣有关的东西。突然让她们解释自由,对于她们来说很生僻,如果把自由与快乐放在一起,就会有话可说。她们所能表述的,完全源于自身需求,源于对生命本体的感知。比如,她们说要活给自己看,活出不受他人支配和不在乎他人感觉的自我(根据她们表达的意思归纳的说法)。她们说抱憾往事,现在的过活是快乐至上,快乐是生命里的精神所在,无疑是对自由的觉醒。

她们的看法很有光芒。尽管她们不会套用以赛亚·伯林"两种自由"(消极自由和积极自由)的概念,但"我希望我的生命及决定是取决于我自己,而非外在的任何一种力量。我盼望只是成为自己而非受别人的意志所支配的工具",以及"我希望自己是一个主体,而不是一个对象",却完全暗合了这位英国思想家的观点。这样看来,她们对自由的见解虽然零零碎碎,甚至会混淆概念,但其中的体味并不昏昧。同时她们看似任性和放任的行为,与约翰·穆勒的"个人的自由,以不侵犯他人的自由为自由"的原则完全吻合。

接下来是我借题发挥,从她们的见解中生发并不深入的思索:她们的观点一旦成立,说明她们已学会蔑视——对那些自以为是的权贵、挥金如土的土豪,以及对那些热衷于说三道四的街头评论家的嗤之以鼻。

她们的价值取向,使她们懂得拒绝,拒绝一切违背自身意愿的恶意和善意,拒绝所有情绪的不速之客造访心灵。

而我隐秘的造访令我激动与雀跃,并感悟颇多——有些价值是抽象的、隐秘的、不便于深层解释的,当然也是无限的。它存在于人的灵魂,不动声色地跟着你的生活和时间行走,像创作一部宏大的作品,你必须拥有超乎其类的想象才行。

她们被全新的认知和观念所解救,因之自由和快乐。

客观的火焰

我们都住在一个拥挤的地方,高高的积木般的楼房,上不着天下不着地的空间,门对门,窗对窗,隐私稍不留神就会曝光,楼与楼之间之近,仿佛伸手可及。空气浑浊,车辆如流,风中的烟尘,窥视者的眼睛,好奇心的冒犯……

客观是真相,火焰是梦想。

我的感知能力只能尽力地追赶。后来,我对她们终于有了过去没有的认知,虽然她们也许以为我知之甚少,但我在情感上与她们的距离一天比一天缩短。我知道,任何认知一旦偏离于所认知对象的真实存在,倒不如一无所知。之所以不能给读者以误导,是因为我对她们最后残留的偏见,已经化作一缕轻烟,只有客观的火焰在透明地燃烧。

　　凝视火焰，我知道我凝视的和她们凝视的是一个方向，广场、风景区、车厢……透过一些固体物质，还看到了树木、河流、田野、开花的桃李，以及灵魂的暗夜。我很清楚，客观的火焰燃烧之后，对于我来说是一次精神上的逗留。

祈 祷

由于全世界的人都知道的原因,我的访谈到此止步。

我的访谈计划近似宏伟,虽然只是为一本书(并不需要字数很多)的写作。按照东西南北中的方位,除了我所在的北方以外,我要访问十七个省、自治区和直辖市,涉及十九个城市。我坦白地说,这些城市并不都是我的向往,而是我不得不去访问的地方。尽管我已经在其他城市做过观察,并对此地与彼地的她们做过比较,但是微不足道,除了对外化形态的感知,其他什么都没有获取。

我下这么大的决心,完全是迫不得已。有时写作就是迫不得已,迫不得已地去搜索素材,以至于像强盗对财物的攫取。但是没有别的办法可以代替作家对材料的占有,如同没有任何一位耕者,可以不躬身于土地而能收获粮食。我既然要为她们写本书,自然要求我的思维空间彻底打开,以面向阳光下和月色里最广大的她们。这不是故作姿态,写作就是写作,姿态尤其是故作的姿态,都于写作无益。她们身处不同的地域,有着不同的生活习性以及不同的口音,进一步说,她们独具特色的生活方式和生活形态,包括思维的差异性,都是书中不可或缺的部分。我为此感到作为一个作家的勇气和品质,是多么有别于普通人!

如果我能用两个月(计划是四十五天)完成对这些城市的访问,我会通过不多的关系的链接,接触许多对我的写作有价值的人物和事件。透过这些人物和事件,我会写到许多读者关切的内容,比如S市的她们对股市的敏感,也会有网络群的交流,当然风险不可预见,但她们会尽力防范。比如,G市的她们很会煲汤的厨艺,应该常聚一起讨论汤料如何选配,这是很生活化的生活。比如,在Q市,她们对南音的兴趣一定没有衰减,傍晚的街头会有很多人看她们的表演。比如在S市的海滨,她们在椰林里歌舞,多数人操一口地道的东北口音……她们也应该毫不例外地有自己活动的广场,舞蹈、歌唱和走秀一类也会必不可少。

我的访谈模仿了她们远行摄影的做法,也有攻略似的具体行程,所带衣物和必要的食品都在攻略之中。我将选用驾驶技术非常成熟的司机,另配助理是我的太太。

我对此行感到热血沸腾,不论是否出于被迫。毕竟这是一次有意义和趣味的行程,我从来没有为一本书如此大动干戈。从上一年冬天开始,我就对来年春天的出行充满期待。当然,我对访谈的难度也有足够的估计,因为所有的陌生都可能成为大小不同的障碍。

我忽然想起法布尔,想起他终其一生写出的《昆虫记》。以人性去观照虫性的心理,该有多么的艰辛呢!我用访谈她们可能遇到的问题,去比较法布尔的艰辛,简直是令人可笑的事情。所以,我这么一想,觉得这些访谈根本没有什么了不起,更不值得战战兢兢。我完全可以回避或战胜这些困难,通过广泛而有价值的访问,为关于她们的这本书补充足够的营养。

一个缜密的计划在庚子之春被突然摧毁,使我始料不及。无数行人为此错乱脚步,最后躲进家中以防不测。虽然北方的冰河开始融化,偶有一些候鸟飞来,但我无法出行。我失去了写作的所有动力,一下子变得一蹶不振。

我像突然与她们隔绝,或是失去她们。我不再想那本书如何去写,甚至宁愿不写,只留下对她们平安的祈祷。